U0692355

—

陶正明——著

人生大悟

浙江文艺出版社
Zhejiang Literature & Art Publishing House

图书在版编目(CIP)数据

人生大悟 / 陶正明著. -- 杭州:浙江文艺出版社,
2025.2(2025.2重印) -- ISBN 978-7-5339-7787-0

Ⅰ.I267

中国国家版本馆CIP数据核字第20251RA448号

策划统筹	虞文军　王宜清
责任编辑	林聚佳
责任校对	陈　玲
营销编辑	周　鑫
装帧设计	徐然然
责任印制	吴春娟

人生大悟

陶正明 著

出版发行	浙江文艺出版社
地　　址	杭州市环城北路177号
邮　　编	310003
电　　话	0571-85176953(总编办)
	0571-85152727(市场部)
制　　版	浙江新华图文制作有限公司
印　　刷	浙江新华数码印务有限公司
开　　本	880毫米×1230毫米　1/32
字　　数	194千字
印　　张	9.875
插　　页	1
版　　次	2025年2月第1版
印　　次	2025年2月第3次印刷
书　　号	ISBN 978-7-5339-7787-0
定　　价	68.00元

版权所有　侵权必究

人生大悟靠琢磨

自 序

　　我出生在湖北省大悟县。相传明朝洪武年间，李道元避难于此地少华山，落发为僧，修行悟道，并将少华山改称为"大悟山"。自此，大悟山的名称沿用至今。成县建制于1933年，名礼山县，新中国成立初期，改名为大悟县。

　　几年前，有位老战友送我一副对联。上联"人生大悟靠琢磨"尤其耐人寻味。我把对联挂在家里显眼的位置，一天进进出出要看好多次。有时停在那里，细细观看"琢磨"两个字，的确一看一味道，百看味不同。我就开始琢磨"琢磨"二字，从朝日东升，到夕阳西下，琢磨"琢磨"这一过程，再来领悟个中之义，生发出不少感想。

　　琢磨自己，应从正确认识自己开始。老子有言"知人者智，自知者明"，后人又进一步引申为"人贵有自知之明"。经常解剖自己，正确看待自己，知道自己的优劣长短，摆正自己的位置，方能扬长避短，实现自己的最大价值。古今中外，那些出类拔萃的人物，无一例外都能正确认识自己，冷静琢磨自己，不断研究自己，从而充分发挥主观能动性，做出一番事业，引导他人，造福社会。

琢磨自己，是认识自己的升级版。一个人要想琢磨出一点名堂，就不能讳疾忌医，不能遮丑护短，要有刮骨疗毒的狠劲和韧劲。鲁迅不仅批判别人毫不留情，刀刀见血，还善于解剖自己，句句中的，直面自己的缺点和陋习。人生在世，既会有顺风顺水过五关斩六将的大好光阴，也会有秦琼卖马、关羽败走麦城的落差时节。最需要琢磨的就是自己倒霉失意的原因和教训，认清自己的性格弱点和能力短板，从而做强做大自己。在这一点上，鲁迅和毛泽东都做到了，他们也因此多次走出逆境，走出阴暗，步上平坦，赶上光明。

琢磨自己，贵在理性科学。直白说，就是要精准地知道自己能吃几碗饭，能挑多重担子。要准确定位自己，知道自己的品行才学，不高估，不虚夸，不掺假，不坐自己坐不了的交椅，干好自己该干也能干好的事情。"初唐四杰"里的杨炯，就过于高看自己，认为"王杨卢骆"的排序不公平，发牢骚说"愧在卢前，耻居王后"。其实，不仅当时，就是后世，明眼人都能看出他和王勃的差距，单单一篇《滕王阁序》就甩了他不知多少里路。

琢磨自己，恰如其分地评估自己的作用和贡献，切忌自大狂妄，揽功推过，把成绩都归于自己，把问题都推给别人。项羽兵败垓下时，哀叹"力拔山兮气盖世，时不利兮骓不逝"，不知反省，不检讨失误，反说这是老天不公平，不给条件。如此心态，就是再给他多次机会，也照样会失败。拿破仑过阿尔卑斯山时，大言不惭地说："我比阿尔卑斯山还要高！"鲁迅讽刺说："这何等英伟，然而不要忘记他后面跟着许多兵；倘没有兵，那只有被山那边的敌人捉住或者赶回。"

琢磨自己，学问大得很，也是个终身大课题。这个课题做好了，未必就能大红大紫、功成名就，但会少犯错误，少走弯路，少吃苦头，这其实也就接近成功了。

人的成长，不仅仅是年龄的增长，经历的丰富，知识的积累，财富的扩充，更在于通过这些，自己从中所得到的感悟。经常认真地对照先人、他人、能人，用其经历、知识等作为镜子，作为警示牌，作为回味汤，得到入心入骨的感悟，这些都是"琢磨"的养料。人的琢磨悟性也是至关重要的，琢磨中有感悟、有反省，通过琢磨的积累，感悟会越丰富、越全面，成长也会越顺畅、越通透。

琢磨人生出大悟，大悟人生必琢磨！

目录

第一辑

时光不负有心人

第二辑

心有境界行则正

第三辑

人情浮沉磨韧性

第四辑

会学会问长学问

第五辑

拈花一笑去心愁

第六辑

道理正明因比较

第七辑

世如棋局变数大

第八辑

宁静致远有力量

第一辑

时光不负有心人

回首往事少遗憾

人的命运往往为思维方式所左右，只有勇于跳出原来的格局，以一种崭新的思维方式去思考人生路上遇到的难题，才能真正救赎自己的命运。人的差别在于执着和坚持。很多时候，人和人都是一样的，都是两个肩膀扛着一个脑袋，但为何最后千差万别？毋庸置疑，差就差在坚持的毅力上。有些人想到了，但是不去做；有些人做了，但是坚持不下来；有些人想到了，去做了，也坚持下来了，那么成功自然会到来。这个世界上不缺少有才华的人，真正缺少的是脚踏实地认真做事的人，而不达目的不罢休的人更是少之又少。

人都是逼出来的，不逼自己你永远不会知道自己能站上多高的山峰。正如一位哲人所言："正因为没有翅膀，人们才会寻找飞翔的方法。"

　　人要想成长和成功，必须给自己压力。没有人天生优秀，更没有人天生就会成功。所谓的光鲜亮丽背后都是不为人知的执着和坚持。有时候，必须对自己狠一点，否则永远也活不出自己，更谈不上精彩和成功。不要羡慕别人的精彩，不要嫉妒别人的成功，任何精彩和成功，背后都有酸楚。精彩和成功，只是事物结束的方式，行动和过程，才是连缀我们生命的线条。成功是没有多少捷径可走的，成功离不开行动前的坚定决心、拼搏中百折不挠的韧劲和败北后坦然面对的勇气。说直白了，成功就是能够战胜自己，这样内心就会无比强大！

　　梅花香自彻骨寒，人生苦于求变难。如果人生安于现状，得过且过，人也就默默无闻地打发了一生。要独辟蹊径，就必然伴随冒险吃苦。有志者事竟成。待到人老回首往事时感到：只要不怕吃苦，敢于冒险求变，就会找到成功的路。

波澜不惊顺势游

成年人的生活，辛苦是常态，但比起身累，更怕的是心累。与其总是感叹生活不易，不如努力给生活加点糖。可以是听一段喜欢的音乐，吃一顿喜欢的美食，或是奔赴一场期待已久的旅行。然后告诉自己，今天的日子，果然又是甜的。生活不要安排得太满，人生不要设计得太挤。不管做什么，都要给自己留点空间，好让自己可以从容转身。

学会用一颗强悍的心，让过去的过去，让未来的到来，才能笑对沧桑，一路阳光。人人来到世上一趟，都是生不带来，死不带去的。功名利禄，争强好胜，都是过眼云烟，只需要珍视那些真正重要的东西。对于其他的，则都应该看开。对于头脑里的杂念，往往是放下得越多，越容易感到轻松和快乐，越容易拥有属于自己的幸福。我们应该明白，看开是为了发现那些对自己来说真正重要的东西，放下是为了珍惜那些实在的东西，抛开人生的冗余，看开了，放下了，也就轻松幸福了。

善用表的人不会把发条上得太紧，善驾车的人不会把车开得过快。同样地，有智慧的人善于在生活的波澜起伏中顺势而为，能接受暂时的失败，懂得原谅自己。有输得起的勇气，才会有赢的底气。不将自己困在原地，才能迎接新的生活，抓住真正属于自己的幸福。

人是逼出来的，事是干出来的，生活是品尝出来的，即便再光鲜的人，也有他人不知道的苦楚。人活着，就得累。少年为了学业苦，中年为了家庭累，老年为了健康愁。无论你今天怎么苦恼，明天太阳都照样升起。别想着放弃，放弃就意味着一无所有。有人比你优秀不可怕，可怕的是那些比你优秀的人仍在努力奋斗。不提倡攀比，但也不倡导把碌碌无为当成平凡可贵。想得再多，不付诸实践，都是空谈。习惯的形成靠自律，足够自律的人，一定足够出众。成人的世界，天黑可以矫情，天亮只能拼命。人生啊，你有多拼，就有多出众。

人最大的敌人是自己，战胜自己比战胜对手更难。这句话的意思不难理解，可是这个"自己"的意思确实不好揣摩，要想明白这个"自己"的路到底怎么走。任何时候自己的思想都是首要的，其次是信念，再次是行动。坚持自己的理想，永远提醒自己，坚信第一，坚持第二。始终保持一个清醒的头脑，就是战胜了自己，不管大小事，首先是过脑子，然后是过心，最后才有坚定行动，实现自己的目标。

信任如纸，一旦皱了，会有痕迹；信任如水，一旦浑浊，会有杂质；信任如镜，一旦破碎，再难完整。人一旦失信，再真的话，也换不来信任；再多的泪，也得不到同情。信任是夏日清凉的风，冬日里燃烧的炉火；信任是人与人的率真，心与心的坦诚；信任是做人的美德，是人生的至高境界。

生活中，每个人都会遇到难题：记忆力不好、肢体不协调等等。而解决这些问题的方法就是一句话：反复做，反复练，熟能生巧。总有人希望自己做什么都能立竿见影，两天没有结果就要放弃，但却不知道无论做什么事，成功前都是艰难乏味的。同一件事，可能需要重复无数遍，才能信手拈来，游刃有余，看起来毫不费力。

别缠着往事，别依着曾经。能把困苦的日子活出诗意，把薄情的世界活出深情，这才是真本事。

每个人的活法不一样，结果也不一样。以金钱为中心，会活得很苦；以儿女为中心，会活得很累；以宽容为中心，会很幸福；以知足为中心，会很快乐。这个世界从来不缺看热闹的，自己不努力，谁也给不了你想要的生活。有些人你可以期待，但不能依赖。当别人忽略你时，不要伤心，因为谁都有自己的生活，谁都不可能一直陪伴你。最尴尬的莫过于高估自己在别人心中的位置，要明白，最卑贱的是感情，最冰凉的是人心。肯低头，永远不会撞门；肯让步，永远不会退步。人生其实就是一次次的选择题，选对了是成功，选错了是成长。一边学会积极生活，一边学会治愈，就像人走远路一样，目标有了，终点站才可达。每一段岁月静好的人生，背后都有一个咬牙坚持的灵魂。

时光不负有心人

在每一个充满希望的清晨，告诉自己：努力就能遇见更好的自己。比别人多一点努力，你就会多一份成绩；比别人多一点志气，你就会多一份出息；比别人多一点坚持，你就会夺取胜利；比别人多一点执着，你就会创造奇迹。古往今来，成功人士都早起。在什么时间起床，看起来是件很小的事情，但却能影响我们的人生。早起，才能遇到更美好的风景，成就更美好的自我。

清晨，遇见不一样的生活。即使在同一天里，六点和九点的世界，也是完全不一样的。清晨的一切，都散发着生命力。一大早起来，天是蔚蓝的，风是清凉的，和煦的阳光透过树叶，洒在过往的行人身上。若是刚下过雨，整个世界都会干净许多，空气中弥漫着泥土的芬芳，叶子上闪烁着晶莹的水珠。鸟儿叫着，花儿笑着，小草也在风中轻轻摇摆，一只小蜗牛沿着墙壁向上爬，万物都用自己的方式，迎接新的一天。

公园里，有晨练的老人，有遛狗的年轻人，还能碰到大爷大妈组建的"民间艺术团"，池塘里的荷花，抓住了夏天的尾巴，正在尽情绽放。每天一大早，最热闹的地方莫过于菜市场了。放眼望去，满目都是五颜六色的各种蔬果。小贩剁肉的声音，菜农吆喝的声音，都混在了空气里，洋溢着热腾腾的生活气息。

名人说："早起，让我看见生活。"阳光雨露，皆有朝气；树木葱茏，一派生机。就连空气都显得格外清新。贪睡的人，错过的不只是那两三个小时的时光，而是未向世间万物致敬的遗憾。生活高手，都懂得万事要提前。早起三光，晚起三慌。

会生活的人，都懂得万事提前的道理，都有早起的习惯。很多年轻人，总是习惯熬夜，晚上两三点才睡，白天又起不来。第二天早上，着急忙慌地赶路，早饭也来不及吃，上班的时候，脑袋也是昏昏沉沉。如此日复一日，不仅工作做不好，还毁掉了自己的身体。

俗话说，一日之计在于晨。生命的活力，蕴藏在早晨里。每早起一个小时，就多一分从容和自信；多出来的那一小时，可以用来锻炼身体，增强体魄；也可以读篇美文，陶冶心性。白天从容不迫，踏实干活，晚上才能安然入睡。早起带给我们的，是一连串的良性循环。

我们不能阻挡时间的流逝，却可以选择对待时间的方式。现在做的每一件小事，都会塑造出你将来的样子。星光不问赶路人，时光不负有心人。不必怀疑自己的努力是否有用，人生没有白走的路，哪怕是弯路，也比原地踏步强。在漫长的岁月中，你坚定迈出的每一步，都会让你离梦想更近一些。生命中遇到的人，善待；工作中经历的事，尽心。你赠予别人鲜花，得到的会是满袖的芬芳。蚌，只有经历了足够的磨难，才能孕育出璀璨的珍珠。人间正道是沧桑，不必害怕挫折，如果事与愿违，上天也一定会以另外的方式给予补偿。做好自己，怀揣希望去努力，不躁不怒，耐心等待属于你的季节。

许多人做了很多规划，定下了想要达到的目标，但是结果却总是不尽如人意。想要获得对自己人生的掌控感，不如从一个早晨开始。早起的最大好处，就是能主动决定自己每一天的生活安排。

曾国藩坚持"黎明即起，绝不恋床"，凌晨就起床刻苦读书，终成一代名臣。早起，或许是我们普通人充实自我、提高自我最简单的方法之一。把握好清晨，就能把握好今天；把握好今天，就能把握好当下；把握好当下，就能把握好未来。

记得一句经典名言："注意你的习惯，因为它将变成你的性格；注意你的性格，因为它将决定你的命运。"

早起，虽然只是一个小小的习惯，坚持下来，却能改变你的人生。见过了清晨的美景，才知道生命的绚烂多姿；过好了今天的生活，才觉得未来可期。生命是由无数的刹那构成，来日并非方长，而是无多。让我们尽己所能地将生命中每分每秒都发挥到极致，真实地过好每一个当下，我们就不会因枉费生命而流下惋惜的泪水，我们的余生将会充满希望与力量地奔向圆满与祥和。

有人说，你若能够把握早晨，便可把握整个人生。眺望着晨曦的朦胧，伸一个懒腰，做一次深呼吸，唤醒沉睡的身体。喝一杯清水，读一本好书，开启新鲜美好的一天。

八月记住八句话

今天是八月的第五天，我写下八句话，希望陪伴你在新的一月，继续乘风破浪、勇往直前。

第一句话，勤耕不辍，用奋斗让人生不留遗憾。人生有很多事情不是我们自己能够决定的，有求而不得，也有身不由己，但我们可以决定以何种姿态面对眼前的挑战。只有品尝过奋斗的滋味，才能体会人生的珍贵；只有勤耕不辍，才能不负韶华、不负自己。

第二句话，保持热爱，奔赴下一场山海。很多人之所以能越活越优秀，是因为内心充满热情。对于生活而言，热爱无疑是强有力的助推器。它会赋予你能量，促使你不断探寻生命的更多可能性。心有热爱，眼中自有光芒。去找到你所热爱的事，并为之全力以赴，便能活成自己喜欢的样子。

第三句话，控制情绪，将心比心，方得人心。生活中，烦心事不可避免。有的人与父母意见相左，就甩门而去；跟朋友吵架，就直接挂掉电话……成长的过程，就是情绪自控能力养成和提升的过程，不论身处何地，都别忘了用心中的一份平和，照亮自己和他人的生活。

第四句话，珍惜夏日每一天，活出快乐人生。一个人最好的生活状态，并不是每时每刻都要轰轰烈烈，而是在追求热烈的同时，也能珍惜平淡日子里的美好。你可以起个大早去菜市场逛逛，下厨做一顿热气腾腾的饭，和亲人或者朋友一起分享美食，聊聊最近的生活，然后切一个西瓜，窝在一起看一部温暖的电影。只要你愿意，在这夏日时光里，处处是美好，处处是爱意。

第五句话，心向阳光，做一个温暖又善良的人。当你心怀暖阳时，世界便会明亮；你若澄澈，世界也就干净；你若简单，世界就难以复杂。用最真诚的善意，拥抱身边的每一个人吧，这份善意自带光芒，照耀自己的同时也能温暖他人。

第六句话，适度休息，为人生的马拉松蓄力。慢一点，深呼吸。允许自己暂停，重新思考前进的方向。适当的休息能让你恢复精力并提高工作效率，还可以帮助你总结、反思最近的行动。给身体和大脑留出恢复精力的时间，你便会在新的旅途上走得更踏实、更轻快、更自信。

第七句话，只要你想，随时都可以运动。当你开始爱上运动时，健康也会爱上你。与其躺在床上刷手机、打游戏，不如站起身、迈开腿。我们无法阻止时间的流逝，也难以阻止容颜的衰老，但至少我们能最大限度地保持体魄的年轻。健身房里挥洒的每一滴汗水，晨跑路上每分每秒的坚持，都不会辜负你。

第八句话，坚持阅读，用书籍丰富人生。这个八月，不妨从读一本书开始，看看好书是如何开头，如何引人入胜，如何以神来之笔收尾。尽管你不一定能记得读过的每个句子，但那些文字就和粮食一样，会潜藏进你的气质、谈吐和胸襟里，成为滋养你的养料。

新的八月，愿你用更加努力的姿态，去遇见更好的自己。

对待弱者显品行

很多时候，否定你的不是别人，而是你自己。其实，别人的肯定，不过是锦上添花。对他人质疑的最好回应，就是把时间专注在你想要完成的事情上。如果你不提前倒下，没有任何人可以打败你。越是不被看好时，越是要坚信自己！

有的人身在高处，啥也不缺，但日子过得毫无快乐可言；有的人身处低谷，但总是哼着小曲。人生的幸福和快乐，从来都不只是由物质条件决定的，更多取决于个人心态。被人误解时，淡然一笑，然后把对错交给时间，便是最好的处理方式。你最大的对手，不是那些落井下石的人，而是习惯抱怨和放弃的自己。

漫漫人生路，挫折是常态。经历挫折时莞尔一笑，然后重新振作起来，就是对生活最有力的反击。百事从心起，一笑解千愁。很多事情难以预料，前一秒还艳阳高照，下一秒就乌云密布。谁都是在一路奔走，一路改变，一路得到，一路失去。风雨人生路，我的世界里，你来过就好。既然能欣然接受一个人的到来，就要学会欣慰接受一个人的离开。人生最难面对的是，曾经互相珍惜、互相依赖的人，有一天转头就离你而去，留不住，挽不回，换不来。轻易离开你的人，都是你用力留不住的人；为你驻足停留的人，都是不离不弃的人。有句话说：靠谱的关系不是遇到的，而是修来的。这世间没有恰到好处的缘分，长久的感情，重在经营。相互麻烦，有来有往，情谊才能更加深厚；彼此感恩，投桃报李，关系才能长久维持。

风雨人生路，诸事顺遂就是福。人与人能走到一起，真的很不容易，有的强势，有的随和，有的厉害，有的温顺，有的计较，有的大度，没有天生完美的能人，需要彼此理解包容，相互支持，相互信任，相互成就，只要齐心协力，再难走的路也会过去。勤奋的双脚，一定要踏在正确的道路上，要想让自己的眼光有高度，思想有深度，生命有厚度，就要坚持学习学习再学习！不断借鉴借鉴再借鉴，吃一堑，长一智！理清思路，找准同频的人，开启美好的人生路，不忘初心，砥砺奋进，实现共同的梦想！

你对弱者的态度，就是最真实的反应。要看清一个人教养的高低、涵养的深浅，关键是看他对底层人的态度。一个人对弱势群体的态度，彻底暴露了他最真实的品行。对强者尊敬崇拜，是人之本能，但对弱者的体谅和尊重，才是最难得的品行。不以人弱而辱之，不以身贵而贱之，方是值得交往的人。

人品，是一个人最强的靠山，最硬的底牌，最大的资本。人品正，才会受到众人的敬重；人品好，才能得到上天的呵护。人生在世，拼的是人品。好人品，是行走在这个世界上最好的通行证。你若心有阳光，何惧人生荒凉。生活不会像你想象的那么好，但也不会像你想象的那么糟。一片落叶，有人看到"零落成泥碾作尘"的悲惨命运，但换个角度，便会发现它"化作春泥更护花"的高尚节操。美好的世界是向微笑的人敞开的。人生犹如一出戏，不同的人在人生舞台上饰演不同的角色，有人活得精彩，是因为他演的是自己，有人活得很累，是因为他在演别人。人心有多大，世界就有多大。

一世光阴如尘烟

我们都会经历一段无法让自己抹去的时光。在小的时候，从不懂事到懂事，从胆小到胆大，从无知到有方向，从不自信到自信。我们的时间不断流失，有些人在浪费时间，有些人在争分夺秒。我们珍惜时间，时间也会珍惜我们，如果我们浪费时间，那么就等于浪费自己的生命。

忙碌是一种幸福，让我们没有时间体会痛苦；奔波是一种快乐，让我们真实地感受生活；疲惫是一种享受，让我们无暇空虚；坎坷是一种经历，让我们真切地理解人生。世事沉浮万千，一世的荣华如尘烟，用微笑去面对现实，用内心去感悟人生的精彩。时间留给有准备的人，时间留给会成功的人，时间留给能完成使命的人，时间留给有梦想的人。要好好珍惜，否则就老了！

聪明是外在的能力，智慧是内在的境界。小聪明看近，大智慧看远；小聪明争利，大智慧让利。总想着争利的人，只看得见眼前的蝇头小利；懂得让利的人，才能赢得更好的回报。有舍有得才是智慧，互惠互利才能长久。与不同层次的人争辩，不过是一种无谓的消耗。与其逞一时口舌之快，争得面红耳赤，倒不如及时闭嘴。小聪明拆台，大智慧搭台。互相补台，好戏连台；互相拆台，一起垮台。最大的愚蠢，就是互相拆台。而善于搭台的人，懂得抱团取暖，实现双赢。互相使绊，双方都走不远；彼此成就，才能一起走向巅峰。

努力，要用对方向。刀都没磨，就去砍柴，会收获啥呢，道理就这么简单！可实际上，多少人一拍脑袋就出发了，根本就不思考目的地、路径、供给、装备等，还美其名曰行动力，典型的掩耳盗铃。可越是这样的人，越是理直气壮地说："走自己的路，让别人去犹豫思考吧！"

没有基础准备，匆忙上马，小事可以亡羊补牢，大事就无力回天了！事后感慨老天不公，这么努力拼命，还是不眷顾你……其实根源是自己的认知和格局不够，打地基的时候，就没想盖高楼大厦。

当然，这一切都要经历过才会懂！但对一个成年人来说，一辈子有几次机会呢？成年很容易，成熟却很难。但是成年不能化解危机，成熟才可以，可是成熟的目的不仅仅是用来化解危机的。所谓上医，治的是未病！愿你人生的每一步都没白走，愿你打开格局，接纳这个世界的不同观点，然后有独立思考的能力。那么有些路，本可以不错的！

一个人真正的成熟，是从低头开始的。世界是一种循环，宇宙是一种平衡。人与人之间，能量水平不同，思维层次不同，认知模式也不同，很难争论清楚。与其纠结对错，不如做好自己的事，这才是最大的赢家。越是成熟的人，越是懂得低头；越是明智的人，越是懂得放下。向自己低头，放下标准，会轻松上阵；向父母低头，放下过去，会收获温情；向别人低头，放下对错，会活得洒脱。

身处顺境要讲究，身处逆境可将就。谁都会苦闷，如果一味只是烦恼，并不能改善自己的心情。人活着，能屈能伸，顺境时，可以享受岁月静好，逆境时，也能承受颠沛流离，这样的人生才足够完整。人生起起落落，真正乐观豁达的人，既能享受生活的精致，也能承受世间的无常。即便生活抛弃了你，也要把日子找回来，自己过得诗情画意。有条件时讲究，是对美好生活孜孜不倦的追求，没条件时将就，是坦然悦纳一切的胸怀。最好的人生，就是既要讲究，也能将就。人倾向于回避使自己感到焦虑的事物，这是再自然不过的事。但问题在于，回避多了就只会沦为拖延，不可能解决问题。试着把你的任务拆解成很多部分，然后选择让你最没有压力的那部分先做。应对焦虑最艰难的就是第一步，迈出这一步，接下来的阻力会小很多。

欣赏是一种胸襟和风度，唯有如此，才能平静超然，人生之船才会扬帆远航。我们一定要和优秀的人在一起，这样才能走得长远，事情一定要和靠谱的人一起做，这样才能做得妥当，日子一定要和懂自己的人一起过，这样才能算是值得。一个人的能力，是靠自己练出来的；一个人的潜力，是靠外界逼出来的；一个人的习惯，是靠自己养成的。成功，是靠我们自己一步一步走出来的，所以说，只有坚持才能看到我们自己最想要的结果！凡成大事之人，必有大胸怀大格局，凡有大胸怀大格局之人，必有超前意识，起步迅速，加上霹雳手段，总能化险为夷，险棋走成好棋。

用欣赏的眼光看待他人，你会发现，世界真的很美。正如明代文学家陈继儒《集灵篇》所说："累月独处，一室萧条，取云霞为伴侣，引青松为心知；或稚子老翁，闲中来过，浊酒一壶，蹲鸥一盂，相共开笑口，所谈浮生闲话，绝不及市朝。客去关门，了无报谢。如是毕余生足矣。"

浮躁社会安顿心

人生总无常，心安是归处。无论境遇如何，若能内心安定，不忧虑不惶惑，便是生活佳境。一个人心中有了方向，一辈子就绝不会迷茫，不会懈怠。无论面临人生何种境遇，只要理想不灭，人就不会颓唐。人格如黄金，是一个人身上最贵重的东西。守住底线，守住人格，才能问心无愧，活得心安坦荡。人这一辈子，能安顿好自己的心，就是一种圆满。内心的成色决定了一个人的一生。心里有志向的人，不会偏航；有原则的人，不会沉沦；知淡泊的人，不会苟且。心有所安，再大的风浪也掀不起内心的波澜。

人生就是一个见天地、见他人、见自己的过程。只有当你见识的更多了，人生才会变得更宽广。也许，一个拥有丰富人生经历的人，会吃更多的苦、受更多的累，乃至体尝到人生中更多辛酸的事。但也恰恰因为在大风大雨中经受住了磨砺，我们才能以更好的状态，去面对更多的未知和挑战。

别惧努力太晚，别怕成功太迟。人到中年，是容易焦虑和迷茫的年纪，身体开始走下坡路，生活的负担愈加沉重。最好的状态，是眼里写满故事，脸上不见风霜。要赢得别人尊重，不是靠年纪的叠加，而是靠智慧的累积。过去的伤痕，不再是人生路上的绊脚石，而是未来最闪亮的勋章。越是自信的人，越是谦卑；层次越高的人，越是低调。境界越高，姿态就越低，越是不露锋芒。只管锐气不减，努力坚持，心之所向，万水千山，终会抵达。

人到中年最好的状态：不诉沧桑，不露锋芒，不减锐气。做人只需要真诚，不脱离善良，不需要人人欣赏、个个喜欢，只求坦荡。做事不在乎别人的评价，不需要人人都理解，只需尽心尽力。把握方向，脚踏实地。一生很短暂，要过好人生的每一分每一秒，活得自在，活出精彩！有人记着你，是骄傲；人心这么小，有人装着你，是自豪。

人活一辈子，不用强求太多的东西，凡事都要懂得知足，不属于自己的东西，不要勉强。让自己的能力去决定得到什么，才是人生的智慧。人生不能活得太满，在平淡的日子当中，即使经常碰到痛苦，也要懂得苦中作乐。因为在这个世界上，如果自己不爱自己，就没人来爱了。人生实苦，要懂得讨好自己。生命是一场心的修行，修一颗淡然的心，修一颗平常的心。心累的时候，放过自己，凡事要懂得知足常乐，凡事要懂得苦中作乐，让自己活得更加淡定从容。

做人要像水一样。上善若水，水善利万物而不争。老子说"上善若水"，是说做人要像水一样，润泽万物，默默不争。水很接近于道的品性，它至柔之中又有至刚、至净、能容、能大的胸襟和气度。以水悟道，可以看到成功的路径。

水是百折不挠。冰生于水，却比水强硬百倍。越是在寒冷恶劣的环境下，水越能体现出坚如钢铁的特性。水聚气生财。水化成气，气看无形。若气在一定的范围内聚集在一起形成聚力，便会变得力大无穷。水包容接纳，水净化万物。无论世间万物如何，它都敞开胸怀无怨无悔地接纳，然后慢慢净化自己。

水是以柔克刚。水看似无力，自高处往下流淌，遇阻挡之物，耐心无限，若遇棱角磐石，既可把棱角磨圆，亦可水滴石穿，以柔克刚，能屈能伸，能上能下。上化为云雾，下化作雨露，汇涓涓细流聚多成河，从高处往低处流，高至云端，低入大海。

水是达济天下。水虽为寒物，却有着一颗善良的心。它从不参与争斗，哺育了世间万物，却不向万物索取。水会功成身退。水雾似缥缈，却有着最为自由的本身。聚可成云结雨，化为有形之水，散可无影无踪，飘忽于天地之内。

做人像水一样，方是人生的最高境界。

管理方法要对路

　　人生顺序不能颠倒，只要我们先种下好的前因，自然就能得到好的结果：不是因为有了希望才坚持，而是因为坚持才有了希望；不是因为有了收获才争取，而是因为争取了才有收获；不是因为会了才去做，而是因为做了才能会；不是因为成长了才去承担，而是因为承担了才会成长。

　　尊重别人的不同，容得别人的过错。每个人的经历和背景，造就了截然不同的人生。一个有格局的人，能透过事物的表面看到本质，懂得理解和尊重他人的不同。当你匆匆赶路时，往往会忽略路上的风景；当你有情绪时，容易忽视别人的感受。心胸开阔的人，没有看不惯的事，也没有容不下的人。不能因为冬天寒冷而觉得冬天不好，也不能因为夏天太热而认为夏天很糟糕。春有百花秋有月，夏有凉风冬有雪，四季各有四季之美。

示弱不软弱，坚强不逞强。现实生活中，有个特别的现象：越是有本事的人，越是寡言少语；越是没本事的人，越是吹嘘聒噪。实际工作中，越是有能力的人，越是能尊重不同意见；越是没能力的人，越是喜欢对别人指手画脚。可实际上，蹦得最高、叫得最响，事事爱出风头的人，一般都不是有实力的人。那些真正厉害的人，往往是不动声色，善于示弱守拙。示弱不是怕事，而是一种境界。处处逞强显能，不是明智之举；懂得迂回守拙，才是顶级智慧。懂得示弱，是一种修养，更是一种境界。

当今时代，每个人都有自己的不容易，谁都是在咬紧牙关负重前行。真正的成熟在于肩上挑起多少责任，在于为生活付出了多少努力。成长的历程，其实就是一段负重前行的路程。扛不住，所有努力都将付诸东流；扛住了，你的未来如滔滔江水，奔流向前。年轻时，常犯的一种错误，就是想得太多，做得太少，把很多时间浪费在无谓的思绪挣扎上，其实，想干就干，要干就要干得漂亮。道理都懂，做到很难！如果你想要突破、创新、飞跃，还是要先从人入手。在事的层面，没有解决不了的问题。华山再高，总有上去的路！但是在人的层面，一些人能力的局限，会限制自己和单位的发展。你只有胸怀天下，才能立己达人！愿你乘风破浪会有时，直挂云帆济沧海！

一个赢字大学问

唯有净化自己，方能活得洒脱。流动的水不会腐烂，转动的轴不会被虫蛀。人也是一样，身体需要运动，才能得以净化，拥有持久的生命力，才有旺盛的活力。为什么刮痧拔罐，能缓解疲劳？为什么按摩汗蒸后，会感到舒适？因为这些都属于"被动运动"，机体运转起来，气血通畅了，身体的毒素也就代谢了。但效果都是短暂的，唯有让自己动起来，才是净化身体的最好方式。善于净化自己，不困于心，不乱于情，是处世的智慧，更是生命的修行。何不试着给自己的情绪做个垃圾分类，该放则放，该忘则忘。学会净化自己，人生才会焕然一新。

抱怨的话不说，伤人的话不提。像对待好友一样对待家人，这样的家庭才更幸福。孝顺父母，是不能等的事。关爱父母不只是给他们钱财，保证他们吃饱穿暖，这是对父母最浅层次的爱。

深层次的爱，应该是由内而外用恭敬的态度对待父母。父母是根基，儿女是枝叶，恭敬对待父母，才能枝繁叶茂，诸事安泰。与孩子之间，减少不必要的训斥，增加鼓励和肯定；与兄弟姐妹之间，减少责怪，增加理解和体谅；与父母之间，减少不必要的埋怨，自然和睦融洽。家和万事兴。家人和善，才是家庭走向兴旺发达的关键。

顺其自然是智慧，看淡放下得安逸。该来的事总会来，无法逃避；要走的人总得走，无法挽留。已经得到的，好好珍惜；求而不得的，学会放手。无论得失，自有因果，不要让自己的心纠结于已经过去的事，不要让昨天的遗憾取代当下的幸福。无论人生中遭遇了什么事情，都要练就一颗平静从容的心。内心没有挂碍，自然轻松自在，得心应手。外部世界中的种种无常，我们没有办法掌控。但是内心的惶然恐惧，我们定有办法克服。我们无法预知未来，也无法掌控世界。因此与其恐惧逃避，不如拥抱变化与未知。最好的状态，最高的境界，便是"淡定"。

淡定对待事物，可以是一本书，也可以是一个字，这个字就是"赢"。

人生真正要"赢"的是自己，一个"赢"字，一段人生，赢字的组成结构，也是人生不同的五个方面。

"亡"是风险管控，接受一定的风险，掌握不利于你的一面，善于调整、应对、反省和自我完善，你自然能拼出你自己的天地，找到你生命的意义。

"口"是综合能力的体现，吃饭、表达、社交和情感交流，是我们内在思想输出的媒介。

"月"，是时间，也是"肉"。管理好我们的时间，创造机会。增强我们的体魄，锻造我们的意志，去奋斗，去拼搏。

"贝"是财富。我们可以创造财富，也可以继承财富，更应该学会"驾驭财富"。让财富拥有永久的价值。找到杠杆，用判断力去创造财富。

"凡"是平凡的心态和非凡的能力。认清世界真相，相信自己能做到任何事，然后计划、行动、总结，在执行过程中感知每时每刻的幸福。

情绪宣泄要得体

一个人的豁达，体现在落魄时；一个人的涵养，体现在生气时。无法控制自己的情绪、脾气，将是一场灾难。人总是珍惜未得到的，而遗忘所拥有的。对人对事要有一颗平常心，学会在逆境中找到生存的方式，以平和的心面对一切。一个时常充满怒气的人，智商基本为零。放平心态，让怒气和自己擦肩而过，留下一方纯净与安宁。不管闲事，不生闷气，既是对别人的礼貌，也是对自己的尊重。人生就是一步一步朝前走，一点一点往后扔，走出来的是路，扔掉的是包袱。不生气，既是成熟，更是智慧。

穷不怪父，孝不比兄，苦不责妻，气不凶子。人的人品修养好不好，一般从他对至亲的态度中，就能看出。因为至亲骨肉，对我们最真，和我们最亲，是一生中最可信任的人。

不因怨恨伤了父母的心，不因攀比断了兄弟的情，不因争吵忘了伴侣的恩，不因脾气丢了孩子的信任。因为在这世上，你在意的，又在意你的，也就那么几个人。

不要试图成为别人，做你自己，拥抱内心深处那个有想法、有优势、有天赋，和其他人完全不同的自己。最重要的是，对自己忠诚。如果你的压力过大，不妨让自己暂停一下，重新思考前进的方向。短暂的休息可以使你精神焕发，工作效率提高，从而更好地朝目标前进。人生就是不断认识自己，完善自己，不断与自己和解的过程；平常心静看一切事物，人在一起叫聚会，心在一起才叫团队！应该跟最好的人和团队做最美的事，照见非凡，因人而明，专注完美，为光点亮人生！岁月是有痕的，未来是由现在创造的。你看过的书、经历的事、走过的地方、做出的努力，都会悄悄地影响你、改变你。请珍惜每一个机会，认真对待每一件事，见证一个不断成长的自己。

第二辑

心有境界行则正

专注深耕在毅力

    人生有很多境遇我们无法选择，但我们却可以选择以什么样的心态来面对它。消极的人在每个机会里看见危机，积极的人在每个危机里看到机会。面对难题，能及时调整心态，乐观以待，就会发现它并没有想象的那么可怕。人豁达了，再难的事也会变顺。用乐观的心看待世间万物，心情则如春天般绚烂明媚；保持乐观向上的态度，才能让生活穿越阴霾重遇阳光。

    不吵、不闹，静静地守着岁月；不怨、不悔，淡淡地对待生活。人生最困难的不是努力，也不是奋斗，而是做出正确的抉择。一步一步走下去，别让机会从眼前溜走。

    人生，少的是如意和幸福，多的是辛苦和磨难。身处逆境不悲观沉沦，而是默默自愈的人，都渐渐活成了生活的强者。不会有过不去的夜，不会有停不下的雨，只要心中有太阳，我们就可以没有迷茫地活下去。最能体现生命波澜壮阔的，不是一帆风顺，而是在逆境时的坚韧。风来，随风飘摇而不屈心中之志；雨来，就当是对灵魂的洗礼，等待时机涅槃重生。

人这一生，有无数美好等着与我们相遇，不要让暂时的阴霾遮挡住视线。或许有时你会觉得日子有些艰难，但内心有光的人，总能把生活过得灿烂明媚。人生只有一次，用积极的心态去感受人生的美好吧。一生中会遇到几次不错的机遇，但只要你稍微犹豫，机会就会从眼前溜走。所以，当你能够抓住机遇时，要确定自己具备接得住的能力。我们无法预知幸运会在哪个瞬间降临，但我们可以不断提升自己。

做人如草，普普通通不张扬，干干净净不自傲。甭管有没有人在意，一岁一枯荣，默默耕耘自己，风来吹风，雨来看雨。默默无闻间，让自己成长。不和谁攀比，不对谁妒忌，安安静静活好自己，精神抖擞过好每一天。

人生，每一步都要走得踏实，每一天都面带笑容，甭管多少风雨，乐观就好；甭管多少坎坷，不辍志气。一个人将平凡的日子过出诗意，跨过艰难，历过万水千山，依然对生活带着坚持和爱意，那才是真正的了不起。自己现在的努力，辛苦的压力，承受的一切，都是为了攒够能力和本钱，去做自己更喜欢的事，去为自己争取选择的权利。没有哪一件事，我们不动手就可以实现，只有努力坚持一辈子，才不会辛苦一辈子。

生命的价值在于自己看得起自己，人生的意义在于努力进取。有人会因为我们的缺点而讨厌我们，也有人会因为我们的真实而喜欢我们。我们不必让那些本不喜欢我们的人喜欢上自己，而是坚持让那些本该喜欢我们的人尽快发现自己。树立一个目标，找到自己人生的使命感，了解自己喜欢和擅长什么。学会制定目标和分解目标，妥善地制定好自己的长远目标、中期目标和近期目标，并制订相应的工作规划。坚持你的目标。把精力用在自己最适合的领域深耕。

一个人只有在某个领域深耕下去，才有可能掘到人生的宝藏。哈佛大学对毕业生做过长达二十五年的跟踪调查，结果发现：朝着一个既定方向不懈努力的人，几乎都成为成功人士，多数生活在社会中上层；而那些没有目标，频繁换行业的人，多数生活不尽如人意。也就是说，一个人如果只深耕一个点，把事情做到极致，就一定能够成事。

一个人成功的重要因素，不是智商、情商，也不是人脉，而是毅力。很多事情，做了不一定马上有结果，但坚持下去就会看到希望。专注，是这个时代最稀缺的能力。人的意志力有极大的力量，它能克服一切困难，无论所经历的时间多长，付出的代价多大，无坚不摧的意志力终能帮人达到成功的目的。我们要确定自己的目标，并照着既定程序去做，便能坚定自己性格上的勇气与力量，而这种勇气与力量将足以支撑我们的成功。

人生留白多遐想

最近看到电视上的一个广告，爷爷教孙女书法时，讲了故意留一点白的一番道理，这是一种"以无胜有"的书法境界。

留白如同人生：一幅书画，过满过实，就失去了灵动和飘逸。留出适当的空白，方寸纸上显出天高地阔，给人以想象空间，派生出无尽的奇思妙想，牵引出更加深远的意蕴。写书和画画，其实就是写自己，画自我，前人总结的一个词"书为心声"就是这个道理。

书画人都知，作品中追求"密不透风，疏可走马"。浓墨处，风都吹不进来；但留下的空白，却可任马驰骋，想象旷朗无尘。但这空白处，看不懂的人有时很讨厌。好好一块"闲地"，留个"空白"干吗？他不知这个"空白"是笔墨中的"肺"，能带来余味无穷的神韵。

书画中在妙处"留白"，给人以无穷的想象空间，个人在工作生活中精心"留白"，又何尝不是如此？

从军四十多年，枪杆笔杆伴一生，生活的艰难创造了不少成功的喜悦，未尽如人意的时刻也留下了不少遗憾和"空白"。我二十世纪七十年代入伍时很艰难，后来又遇事业发展不顺利，经历每个人都会遇到的子女教育、住房等问题。艰难多多，从来没遇到过"天上掉馅饼"的好事，却遇到不少"屋漏偏逢连夜雨"的郁闷。但我始终坚信：胸中有正气、眼中有善恶、脚下有底线、肩上有责任、手中有活干。生活中这些"空白"或者遗憾，也是一道特殊的护身符，不是吗？

"空白"点孕育和陪衬了我们一次次的成功。天天顺利、事事成功，那是孙悟空才能办到的。我们办不到就不要去苛求，苛求是自己给自己的心理上"眼药水"。水满则溢，月盈则亏。凡事要有度，过犹不及。我当兵的时候钱不多，但饭能吃饱，且为祖国当兵，责任也是崇高的。夜间握枪站岗放哨，心里真有一种"一家不圆万家圆"的自豪感。后来我又听说可以高考了，家乡同学中有不少考上中专、大专了，而我当兵入伍了，成了"最可爱的人"——这是我当时心理上最大的安慰。虽然考大学这个"空白点"我是补不上了，可对于上军营这座没有围墙的大学，我从没有放弃。我利用近三年时间自学各种课程，拿到了大专毕业证。记得在最后一门课程考试时，我在考卷的留白处，还写下了几句顺口溜："书海茫茫觅金难，军营拼搏攻大专。夜深人静页页苦，融会贯通题题甜。"万幸，改卷老师没将我的试卷作废。这几年的学习，也算是"赶潮流"，既增长了许多知识，又为日后发展打下了基础。

细细想来，人生就好比是一张宣纸，要在上面画出一幅好画、写出一幅好字，不仅要有所为，还要有所不为，舍弃那些不必要、不切实际的"精彩"，留下余味无穷的"遗憾"，留有充满智慧的"空白"更好。

人要活在当下，快乐在当下。不要后悔时间过得太快，过好就行！不要盼望时钟过得慢点，有质量就好！事能知足心常惬，人到无求品自高。这话好说，但做到很难。

有位名人曾经说："看到天空的云卷云舒，尽情恣意旷野，原来生命也应一样，都不要太拥挤，要留得一点空白。"人生和书画差不多。书画留白，可得万千气象；人生留白，可得行稳致远。春风得意时，留点空白思考，头脑会冷静清醒；遇到挫折时，留点空白反思，痛苦就不会压垮自己；疲惫不堪时，留点空白让自己休息一下，会更好地开发自我、更新自我、重整自我！

天天都是儿童节

从天而降的雨滴，滋润着花儿，唤醒了小草。新的一天拉开大幕，我从睡梦中惊醒，默默伫立于阳台许久，想起昨天是六一国际儿童节。

曾看到朋友圈里有人发问，成年人可不可以过"六一"？我觉得老年人更应该过"六一"，因为大家都是老顽童。我们总是回想小时候的种种……

由于家住大山，家境贫寒，我的孩童时期是在苦水中泡大的。投笔从戎，来到火热的军营，远赴西南边陲参加了对越自卫反击战。战争是残酷的，但作为一个军人，能碰上是机遇，也是感到自豪的事，毕竟真枪真炮地干了一仗。现在，我虽然老啦，军装也日益泛黄，但我心中的"国防绿"依然浓烈。当兵的经历是一本厚重的书，永远在我的心底珍藏。

　　儿童节也是个比较重要的节日。每个人的青年、中年和老年，都是从童年走过来的。成年后的某些获得感，我认为，更多的是来源于儿童时期纯真的生活状态以及家庭的温暖。记得小时候，天空似乎永远是蔚蓝的，经常有棉花糖一般的云朵飘过。仰望蓝天，总让人有种想要拥抱全世界的冲动。尤其是乡间野趣，最能占据童心，如捉泥鳅、掏鸟窝、筑碉堡、打弹弓等等。我对童年的回忆，苦中有乐，满是欢欣笑语、五彩缤纷，仿佛天上的风筝，形态各异，自由自在地飞翔。

　　假如把人生比作一串珠链，每过一年就用丝线穿上一颗珠子的话，那么，童年那段日子里穿起来的珠子无疑是最痛苦也是最精彩的。期盼幸福的时光总是短暂的，如同快乐的儿童节一样转瞬即逝。一晃阔别六十余载，但怀念总在心头荡漾。

　　童年已离我甚远，年老并不可怕。人的年龄和阅历之间有平衡，经验和知识可以弥补些许自身的不足。作家余华说过，想要成为有名望的作家，只要拥有一个出色的童年就够了。我在年过花甲以后真正沉下心来写了一些文字，前几十年只是在被动地体验生活。尽管我已成为老人了，不过仍保持对世界的好奇心，这让我始终灵感充沛。

　　今天"六二"，多希望天天都是儿童节，天天快乐！

同频同振同命运

和谁在一起，的确很重要。

你是谁？你身边都有谁？这两个问题，决定了你一生会怎样。和不一样的人在一起，就会有不一样的人生。你和谁在一起，甚至能改变你的成长轨迹，决定你的人生命运。科学家认为："人是唯一能接受暗示的动物。"和勤奋的人在一起，你不会懒惰；和积极的人在一起，你不会消沉。与智者同行，你会不同凡响；与高人为伍，你能登上云霄。

一个靠谱的人，就像一座不倒的靠山，无论什么时候提起他，心里总是满满的踏实。这个世界上，聪明人很多，靠谱的人却是凤毛麟角。能与靠谱的人在一起，就是你最大的福气。唯愿我们都知道踏实做事、靠谱做人的真实积极意义，坚信在不久的将来，一个人所散发的踏实靠谱感，不会被岁月辜负。

　　生活中，烦心事不可避免。靠谱的人能做到临危不乱，积极寻求解决问题的方法。他们明白，问题已经出现，争吵和推卸责任都没有用。控制情绪，才更容易找到解决问题的方法。一个人的情绪自控力的高低是其靠谱与否的重要标志。不让自己的行为受制于坏情绪的人，才更有能力去把控人生。

　　与积极的人在一起，总能感受到正能量，如同被阳光围绕。有人说，人生有三大幸运：上学时遇到一位好老师、工作中遇到一名好师傅、感情上遇到一个知音。有时一句温暖的问候，就能使你的人生与众不同。

　　和拥有负能量的人在一起，心田慢慢荒芜，杂念丛生；而和拥有正能量的人在一起，你会激发出对生活的热爱。生命的繁华之期，奔波于流年，有一个知音经常与你交流，眼中的春秋日月，枯荣山河，都因此而熠熠生辉。生活中最大的不幸是，由于你身边缺乏积极进取的人，缺少拥有远见卓识的人，你的人生变得平平庸庸，黯然失色。原本你很优秀，由于周围那些消极的人影响了你，使你缺乏向上的压力，丧失前进的动力，而变得俗不可耐。

　　愿有岁月可回首，且以深情共心声。有句话说，人生的奥妙之处就在于与高人相处，携手同行。如果你想像雄鹰一样翱翔天空，那你就要和群鹰一起飞翔，而不要与燕雀为伍；如果你想像野狼一样驰骋大地，那你就要和狼群一起奔跑，而不能与鹿羊同行。"画眉麻雀不同嗓，金鸡乌鸦不同窝。"这也许就是潜移默化的力量和耳濡目染的作用。

"物以类聚，人以群分。"余生不长，和不一样的人在一起，就会有不一样的人生。和优秀的人同行，能帮助你遇见更好的自己。

既然是岁月，就免不了炎凉荣枯；既然是人生，就免不了爱恨情仇；既然是生活，就免不了酸甜苦辣。人生的长度，长不过春夏秋冬；人生的广度，越不过南北西东。你遇到的一切，他人也会遇到。所以不要总埋怨老天对你不公平，唯一的差别是智者不会重复昨天的错误，而愚者总是轮回今天的过失。仅以自己所见到的世界去揣度他人的生活，其实是一叶障目、不见泰山。相反，当你站在别人的位置时，就会发现许多问题。无须争论对错，循着对方的思路去考虑，看似无解的局面也可能别开生面。一件事孰是孰非，每个人都有一套自己的标准。人生最大的智慧，不是让别人信服自己，而是尝试去理解别人。把别人当成自己，才能同频交流，共同进步。

苏轼说："横看成岭侧成峰，远近高低各不同。"人与人之间，位置不同，风景自然各异，看到的、想到的，自然各不一样。位置不同的人，无法互相理解，层次不同的人，更是解释不通。因此，位置不同，不必解释；层次不同，不必强融。"大辩不辩"，人生最高的境界正是不争辩！

处境不同，未必解释得了，你不是我，怎知我内心的悲伤与欢乐。大千世界，芸芸众生，每个人的悲欢都无法相通，更多的是冷暖自知。

突降大雪，给美丽的城市又增添了几分别样的魅力，诗人见此美景，诗兴大发，脱口而出："雪花大如席，片片吹落轩辕台。"升迁之人恰巧路过，感慨道："正是吾家瑞气呀。"旁边卖棉衣的商人高兴地说："这大雪，再下三年又何妨？"一个乞丐气愤至极："真是胡说八道！"他人眼中的美景，在乞丐眼中却是一场灾难。每个人身处的位置不一样，很难理解对方的想法，处境不同，更是无法体会对方的感受。

不要轻易评价究竟谁对谁错，只站在自己的角度看问题，很难看清，只有懂得换位思考，才能更好地解决问题。有道是"爱出者爱返，福往者福来"，我们虽不能做到感同身受，但可以给予包容和理解。生命永远是一种回声，付出爱，才能收获爱，付出感动，才能收获温暖。

做好自己，无须改变别人。一位哲人曾说："不是所有的鱼儿都生活在同一片海洋中。"每个人都来自不同的地方，有着不同的习惯，习惯若是不同，不要强求改变。

我在江西工作时，在瓷都景德镇听到一个故事。从前，有个人买了一个十分漂亮的青花瓷，爱不释手，日日端详。一天，好友来家做客，此人欢喜地拿出青花瓷。不料，好友并未夸赞，反而不屑地说："现在谁家还摆这老古董啊，一点品位都没有。"好友走后，他越看花瓶越不顺眼，一气之下将青花瓷摔得粉碎。一位收藏家朋友来看望他，看见满地的青花瓷碎片，连连叹息："这可是大宝贝啊，真是太可惜了!"

可见，对于同一个事物，每个人都有不同的理解和看法，我们唯一能做的就是做好自己，管好自己的心。不要为了得到别人的理解和认可，就去迎合他人，委屈了自己。

生命只有一次，不要活在他人的嘴中，更不要活在别人的眼光中，做好自己的事，走好自己的路，活出属于自己的精彩，才是人生最好的活法!

心有境界行则正

当人生遇到顺境时，切莫沾沾自喜，应想到平常的付出，若希望今后更成功，更应该加倍努力，如此则不会懈怠。当遇到逆境时，要及时消除心中的烦躁，如此则心中自然平和。生活中所有顺境、逆境对我们来说都是考验和财富，都在帮助我们不断成长。人最大的成熟，是懂得尊重别人的不同。

成年人有一堂必修课，叫及时止损。品行不端的人，应该远离；索取无度的人，应该割舍；嚣张狂妄的人，应该冷对。真正的善良，是随和而不失棱角，柔软而不失锋芒。善良是很珍贵的，但善良没有长出牙齿来，那就是软弱。该翻脸时就翻脸，不必去迎合那些轻视你的人。余生不长，善待他人，更要讨好自己。生活中总会有伤害你的人，你千万别生气，学会宽宏大量。生气是拿别人的错误来惩罚自己。

忍一时风平浪静，退一步海阔天空。好脾气是一个人在社交中所能穿着的最佳服饰，宽容是人与人相互理解和信任的桥梁。乐观的心态来自宽容，来自大度，来自善解人意，来自与世无争。

生活中，烦心事不可避免。靠谱的人能做到临危不乱，积极寻求解决问题的方法。他们明白，问题已经出现，争吵和推卸责任都没有用。做人也好，经商也罢，就像小葱拌豆腐，清清白白，最讲究的是真，最忌讳的是假。掺了假、兑了水的人生和产品，总有一天会露馅，因为纸终究包不住火，最终烧掉的是自己的眉毛、信誉、人品，很难有重来的机会了。

做人要将精力用在"做"字上，这是最智慧的人生哲学。庸俗的人从众，脱俗的人慎众。慎独，是一种"自我约束"。人生在世，总有一些不能逾越的底线。环境越是私密，人越是真实；犯错的成本越低，人越容易出错。一个人身处群体中时，更应注意自身的言行，不为"生态"所染，不为"氛围"所乱，不为"情绪"所惑。曾国藩云："自修之道，莫难于养心；养心之难，又在慎独。"一个以慎独为修行的人，不为外物所染，必有一种磁场，一身正气。君子慎独不越轨，明暗始终如初心；高人慎众不逐流，自律约束守规矩。慎独，是一种人生境界，在孤独中保持自我，修炼自我。

性格写在唇边，幸福露在眼角。心有境界行则正，腹有诗书气自华。颜值可以美容，但掩盖不了本色；气质可以塑造，但脱离不了本性。语言最能暴露一个人的智商，站姿最能看出一个人的气度。表情里有近来心境，眉宇间是过往岁月。衣着显审美，发型展个性。一个人若是热情洋溢，总是面带微笑，到老了，脸上的纹路也都是慈眉善目。一个人如果长期不微笑，面目表情僵化，显得没有亲和力，这就是所谓的"相由心生"。善良的人，只问自心，不问得失，一路芬芳，已在身后跟随。一个人真正的资本，不是美貌，也不是金钱，而是随着岁月变迁而显现的"精神长相"。

人生在世，不去做，就永远不会有收获；不尝试，就永远不会有成功；不可能，就永远停留于现在。未来，都是留给有准备的人的。懒惰的人，未来能遇到的只有迷茫和困难；努力的人，未来能遇到的是美好和收获！人生有很多事，需要忍；人生有很多欲，需要忍；人生有很多情，需要忍；人生有很多苦，需要忍；人生有许多痛，需要忍；人生有很多话，需要忍；人生有很多气，需要忍。忍是一种眼光，忍是一种胸怀，忍是一种领悟，忍是一种人生的技巧，忍是一种规则的智慧。

谨言谦和是素养

知人不评，知事不张，知理不争。能忍住口舌之欲，是成年人的最高智慧。口沫飞溅，对别人大做评判，层次肯定不高。人生在世，不是所有的事情都可以直白地拿来议论。有时随口的一句评价，可能扫了别人的兴；无心的一句论断，就会给对方带来难以抹去的阴影。别人的生活，无论好与不好，保持缄默。别人的选择，无论对与不对，予以尊重。不轻言，不妄议，不置评，是对别人最大的信任，也是为人最大的善良。生活中，有些人总是急于表现自己，遇事不吐不快，完全忽略别人的感受。但结果往往是，说得越多，错得越多，造成的矛盾也就越多。

所谓言为心声，那些只图自己情绪发泄，不顾他人感受的行为，其本质就是自私。有的人逞一时口舌之快，不惜把尖酸的语言当作征服他人的一种手段，达到伤害他人之目的。现实生活中，所谓的"刀子嘴豆腐心"，只是一种为自己过激言语开脱的话术，想让被伤害的对象放自己一马。但事实上，刀子嘴往往就是刀子心，总是以刀子嘴自诩的人，不是真的率直，而是真的自私。

一个人说话的方式里，藏着做人的态度与修养。既然豆腐心，何必刀子嘴？一个人的言语如冰刀利箭般射向别人，肆虐地发泄自己的情绪，就算是关心，身边的人也很难感受到温情。身体上受过的伤几天就能好了，但是心灵的创伤要多久才能愈合呢？

言为心声。良言或是恶语，救赎或是伤害，往往只在一念之间。心地善良，说话柔软的人，心里时时装着别人。体谅别人是最基本的修养。内心善良的人，并不是他说话多有技巧，而是会设身处地地照顾他人的感受，说话让人如沐春风，给人以力量和勇气。

人的一生，就是不断调整内心尺度的过程。做人有度，做事有尺，才能张弛有度。病从口入，祸从口出，一个人要是不能管住自己的嘴，终将自食其果。把握言与行的分寸，该多讲时大胆说，该少讲时闭上嘴，这是对他人的尊重，也是生活智慧。大度不是一味忍让，而是给自己留后路，给别人留活路。具有大格局的人，为人有气度，做事有温度，人品有厚度。有温度的人，目光更长远，胸怀更宽广。做人恰如其分，是人生的至高境界；做事恰到好处，是人生的最大学问。

曾国藩曾说："行事不可任心，说话不可任口。"一个心有善念的人，说话时会控制自己的情绪，懂得尊重别人。与其把心直口快当成借口，不如温和地对待他人。宁可闭嘴，也不在言语上恃强凌弱。

宽以待人。沟通中想要说服他人，态度可以坚定，语言不必强硬。口中有德，便是心中有善。说话有分寸，评价有尺度。不知不评，知不乱评，这是做人处世的基本准则。只站在自己的立场去观察，看见的可能只是表象。处境不同，难以感同身受；经历不同，难以产生共鸣。

实际工作中，越是有能力的人，越是能尊重不同意见；越是没能力的人，越是喜欢对别人指手画脚。可实际上，蹦得最高、叫得最响，事事爱出风头的人，一般都不是有实力的人。那些真正厉害的，往往是不动声色，善于示弱守拙之人。示弱不是怕事，而是一种境界。处处逞强显能，不是明智之举。懂得迂回守拙，才是顶级智慧。懂得示弱，是一种修养，更是一种境界。做到守修自如，不违规律，得一生安康。

高维视角观人生

人生在世，一个人心情再差，也不要写在脸上，因为没有人喜欢看；日子再穷，也不要挂在嘴边，因为没有人无故给你钱；工作再累，也不要抱怨，因为没有人无条件替你干；生活再苦，也不要失去信念，因为美好将在明天；品性再坏，也要孝顺父母，因为你也有老的那天。

病，才是身体；痛，才是自觉；苦，才是生活；累，才是人生；变，才是命运；忍，才是历练；容，才是智慧；静，才是修养；舍，才会得到；做，才会拥有。对顺境逆境都要心存感恩，用一颗柔软的心包容世界。

"自我"只是幻象，是一座封闭的孤岛。"自我"不破，孤岛的围城不破，毕生如井底之蛙。若要跳出"自我"深井，就要打破认知局限，开启内在智慧，提升视角维度，化解自我，解脱自在。

上帝看待世人，与人们看待蝼蚁差不多，都是高维视角俯视低维生命，一切都变得无足轻重。视角不同，世界就不同。8.8米高度看世界，原来很多生命都那么矮小；88米高度看世界，人与蝼蚁差不多大小。888米高度看世界，没有了人，只有大建筑物的差别；8848米高度看世界，没了人为的痕迹，只有大山大河；80000米高空看世界，地球只剩下了陆地与海洋……无限的高度或距离呢？"自我"与人生还有人们所谓的种种差别吗？

老子云："天下万物生于有，有生于无。"有也归于无。《金刚经》中说："凡所有相，皆是虚妄。"一切现象皆是因缘和合。拥有高维智慧，俯视世间万象，即可超越种种界限与烦恼。

道眼观世界，无贵贱，无物我，天下玄同。差别只是现象，现象变化无常。纵浪大化中，不喜亦不悲，不恋过往，不畏将来，不负当下。判断一个人的层次，不要去看穿着打扮，不要去看职位高低，要看有没有耳目一新的观点，缜密细致的逻辑，直击本质的洞见。其他的都可以包装，但是悟道的层次、卓越的思维力与一针见血的洞察力，真心是没法包装！

唤醒自己的内驱力，世界才会相信你。我们掌管自己的工作生活，相信自己的能力多于相信命运的安排，以实际简单的方式去一步一步解决复杂的问题，留一半清醒，留一半释然，做个自信的人，努力、开心地活着，方能不枉此生。我们要用心过好生命中的每一天，不辜负每一个起舞的早晨。让我们做一个善良的人，守住底线；做一个积极努力的人，把握自己的命运；做一个开心、快乐的人，让自己变得越来越好。唯有如此，人生这条路，我们才能走得更加顺畅。长路漫漫，岁月有痕。唯愿我们守住自己的心，把握自己的命，惬意人生，待繁华落尽，不悲不喜，始终相信自己值得被爱，愿我们被这个世界温柔地爱着。

　　沉住气做人，沉下心做事。判断一个人是否真正走向成熟，就是喜怒不形于色。纵使内心波涛汹涌，表面依旧风平浪静。人到中年以后，都是在负重前行，再多的心酸与苦楚，也许仅是长夜里的一声叹息。沉住气，不是没脾气，而是在实力不足的时候，有效地保全自己；沉住气，也不是就此沉沦，而是厚积薄发。沉下心来做事，看似简单，却极为不易，需要日积月累、高度自律，才有可能一步步变为现实。人生每一天都是在直播，无法重来，背负着家庭重负的你，任何一次选择，都必须慎之又慎。否则，人生将留下无法抚平的遗憾。

好习惯胜万句理

人敬我一尺，我敬人一丈。人与人之间，永远都是相互的。与人交往看长不看短，记好不记坏。整天揪着别人的短处不放，只能说明自身修养还不够。人与人之间最舒服的关系，不是按照自己的标准去改变对方，而是常怀一颗包容之心，允许别人和自己不一样。人生的机遇很神奇，三十年河东，三十年河西。勿以小怨忘人大恩，不要因为一点小事，就否定别人的好；不要因为一次矛盾，就忘记对方长久的恩。记恩使人心暖，记仇让人心寒。

人生就是起起伏伏，不要因为一次、两次失败就郁郁寡欢，相较于成功，失败反而能给人更多的启发和教训。在失败中总结经验，不断调整思维和行为，前进的路才会越走越顺。不够优秀的人，害怕失败；优秀的人，习惯把失败当作给养。通往成功的路上可能会遇到各种沟沟坎坎，但千万不要一蹶不振。从失败中总结经验，是远比失败本身更有价值的事情。

很多时候，危机也是转机，如果能再坚持一下，或许就会迎来柳暗花明。无论是谁都曾经历过人生的至暗时刻。那段时间，没有人会知道不动声色的背后，隐藏了多少悲伤和软弱。或许成年人的世界真的是一汪苦海，当你熬过所有的苦，再回首时，会发现当时咽下的眼泪，早已化成了一身铠甲。

人的一生，吃苦是甜，吃亏是福。自古雄才多磨难，做人要学会吃苦，主动吃苦，自觉吃苦，能够吃苦，从吃苦中成就自己的人生。人生要想收获自己事业的成功，要想成为一个有作为的人，就要有吃苦的思想准备，就要有吃苦的信心和勇气。一个人的真正本领是能够吃苦，也能吃亏。人生，只有吃苦才会有甜；人生，只有吃亏才会有福。人生需要吃苦，不吃苦就不能磨砺自己的意志，不吃苦也不能锻炼自己的人生。

两只狼来到草原，一只狼很失落，因为它看不见肉，这是视力；另一只狼很兴奋，因为它知道有草就会有羊，这是视野。人都有思维，但不一定都有思想；人都有眼睛，但不一定都有眼光。眼睛只能看到表象，眼光才能看到未来。有眼光的人才能远离烦恼和一切苦厄。鱼离开水会死，水离开鱼则清。人生不是拥有很多的物质就是幸福快乐，有时是以"少"为佳。少言养内气，少欲养精气，少味养血气，少恼养脏气，少嗔养肝气，少食养胃气，少恐养肾气，少虑养神气，少思养智气。

一个人失败的主要原因，是对自己的能力缺乏信心。做人，不看轻自己，是对人生最大的尊重。始终对自己保持清醒的认知，量力而行，才是有所成就的前提。人生最好的状态，就是认清自己、守住内心，别把运气当才华，别把平台当本事。人这一辈子，唯有摆正自己的位置，心怀谦卑，才能行稳致远。

话不可说尽，力不可用尽。火候，是厨师烹饪之道，也是为人之道。做任何事情都要把握好度，凡事过犹不及。一句话可以温暖人心，也可以让人厌烦至极。说话总是带刺，难免会遭人厌弃。口无遮拦，容易得罪人，也会引起一些误会。话不说尽，留有余地，是真正的成熟。做人要懂得放低自己，谦虚谨慎，游刃有余，人生的路才会越走越宽。年轻时拿命换钱，年老时拿钱换命，是最赔本的买卖。人活一世，最重要的不是钱，而是健康与幸福。没有好的体魄，再多的金钱也买不来快乐。话不说尽、才不用尽、力不使尽，人生才会越走越远。

做人要厚道，做事要低调。一个人的成熟，就在于能够平静地接纳和面对一切无常，如此方能沉得住气，在未来的人生旅途中逆风翻盘。做人厚道，方能少惹闲话；做事低调，方能少惹嫉妒。面对挫折，不要悲怆；面对失意，不必悲伤。一个人只有内心越坚强，才能越活出生活的质量。最重要的，就是坚持扬在脸上的自信，长在心底的善良，融入血液的骨气，刻进生命里的坚强。每个人都有自己不同的故事，而那些成功的人，都有一个共同点：不动声色，默默坚持。他们不会把自己的伤疤揭开给别人看，懂得在成长的路上让自己想开、放开、看开。

道理，可以让人领悟；习惯，修正人生脚步。现实生活中，不少人是"思想很丰满，行动很骨感"。读书能提升自己，但买了一堆书，看了前几页就丢在一边；运动对身体有益，办了张健身卡，直到卡过期了也没去过几次。这就是思想上的巨人，行动上的矮子。不是大道理没用，而是没有养成知行合一的好习惯。真实的人生是平常点滴积累而成的，也是由个人的习惯决定的。没有谁能随便变好，也没有谁可以轻而易举变强。只有把道理内化成自己的习惯，才能给人生带来出乎意料的惊喜。一个好习惯，胜过千句理。真正能够改变人生的，不是讲大道理，而是养成好习惯。

被文所化文化人

城市很大，我们常走的路就那么几条，必走的路少之又少。人海茫茫，我们常见的人其实很少，想见的人少之又少。食物丰富，我们常吃的品种其实很少，合口的美味少之又少。书籍浩瀚，我们阅读过的其实很少，真正读进灵魂的少之又少。日子在不经意中消耗，许多时候我们是在自寻烦恼。快乐往往在平淡无奇中溜掉，回过头来数数，怎么也想不起找不着。

一个人应当像一朵花，不论男人还是女人，花有色、香、味，人有才、情、趣，三者缺一，便不能做人家的一个好朋友。一个人有没有文化并不在于他"知道"了多少知识，而在于他对滋养自己的文化有一种信念，并能把这种信念转化为行动，从而去传承并更新这种文化，为其不绝如缕地存续于天地之间，略尽绵薄之力。只有被文所化，并能以文化人的人，才配称作文化人。

勤可决定命运，德可改变人生。人生在世，勤奋和品德二者缺一不可。事业上想要有所成就，就要学会勤勉进取。如果安逸贪玩，就会一事无成。与其每天抱怨生活无常，不如通过勤奋改变现状。也许你的付出与收获可能不成正比，但只要不断努力，必定获得成功。德行好的人，心地善良，愿意在别人困难时伸出援助之手；勤奋的人，从不抱怨生活，愿意为自己的理想不懈努力，最终有所成就。一个早起、勤奋的人从不抱怨命运不好。一个拥有良好的品格、优良的习惯和坚强的意志的人，是不会被任何挫折击垮的。

言有所规，行有所止。凡是有敬畏心的人，必定立身端正，说话有尺，行事有度。人的一生都是活在规则之中，既有法律法规，也有约定俗成。有敬畏之心，明白什么该做，什么不该做，方可行稳致远。即便偶尔出了差错，也不会出现太大的过失。相反，如果心无敬畏，什么都敢做，什么都做得出来，迟早会招致祸患。人有敬畏之心，才能眼下无忧，未来无憾。生活中，会遇到形形色色的人，碰到变幻莫测的事。这些人，有人让你欢喜，有人让你忧愁；这些事，有的给你阅历，有的给你磨难。宠辱不惊，观庭前花开花落；去留无意，望天上云卷云舒。

越走越长的是远方，越走越短的是人生，越走越急的是岁月，越走越多的是年龄，越走越少的是时间，越走越明白的是道路，越走越值钱的是经历。生活中感觉累的时候，也许你正处于人生的上坡路。坚持走下去，就会发现世间最美好的风景，就在你坚持的每一个当下。

人就像一所客栈，每个早晨都有新的旅客光临，"欢愉""沮丧""卑鄙"都是我们的顾客。有些不速之客，随时都有可能会登门，欢迎，并且礼遇他们！即使对他们很讨厌，即使他们可能会有新的图谋不轨，你仍然要善待他们。因为他们每一个人都有可能为你除旧布新，带来新的见解，不管来者是"恶意""羞愧"还是"怨怼"，你都当站在门口，笑脸相迎，邀他们入内。对任何来客都要心存感念，因为他们每一个人，都是另一个世界派来指引你的向导。这世上有两个"我"，一个躯壳喂日常，一个灵魂补岁月。虽不得八面玲珑心，也没讨得四海八荒喜，终将束之高阁，只落得在烟火里谋生，在月光下谋爱，在文字里谋心，在音乐里谋魂，以花香浅草，以温泉纯良，与独处相安，与万事言合……语言到达不了的地方，文字可以，灵魂到达不了的地方，音乐可以传到。崇文，是一种品格，更是一种实在的物象。案头所见，目之所及，都是书房必不可少之物。笔砚精良，人生至乐。花器精美，岂不快哉。日亲笔墨，时亲书房，俗气日减，文气日增。久而久之，自生一番淡泊之气。

只有懂得慎独，才能行稳致远。慎独，之于他人是坦荡，之于自己是心安。纵观古今，成大事者都懂得慎独，这是一个人内心的洒脱和通透。强者，哪怕一人独处，也不会停止对自己内心的叩问。选择放纵还是坚守本心，全靠慎独。经得起独处的考验，才能获得内心的平静。慎独，是一种"自我约束"，身在尘，心不染；功在凡，心必圣。一个懂得慎独的人，不为外物所惑，保持强劲磁场，始终一身正气。生活不可能按你想要的方式进行，它都会给你一段时间，让你孤独、迷茫又沉默忧郁。但如果靠这段时间跟自己独处，多看一本书，多交一些善友，多做该做的事，放下过去的人，等你度过低潮，回过头来看看，现在也没那么糟。生活看似对你有所亏欠，其实这些都是成功前的铺垫。

向光而行最快活

人这一生，犹如轮回的树叶，一生一落，一落一生，说长不长，说短不短。如按天算，只有三天，即昨天、今天和明天。昨天很累，今天很苦，明天或许痛并快乐着。若按步计，只有三步，即过去、现在和将来，过去很穷，现在很富，但将来是贫是富，有谁能预知呢？倘以段分，只有三段，即学习、工作、休息三阶段，学习自立，工作自强，但休息和意外哪个先来，又有谁知呢？

眼里有亮光，心中便坦然。向光而行，活在当下，才能活出意义，活得快活。就像树叶一样，不论"绿肥"，还是"红瘦"，只要有光亮，都能反射出耀眼的光芒。每当新的一天来临时，少说时光暗淡，多与阳光相依，就不会伤春，也不会悲秋。古希腊哲学家狄奥哲尼士胸怀经邦济世之才，却深陷穷困潦倒之境，终日以木桶为家。但是，面对国王的赏赐，却有压倒王权的勇气，从容地说："不要遮住我的阳光……"大家如此，何况凡人！即使没有出色的智慧和能力，也要全力以赴，更要量力而行，用上天恩赐的阳光照亮自己前行的路。

时常感叹，人过花甲之年，受过太多的风霜雪雨，不再迷茫；尝过太多的酸甜苦辣，不再彷徨。同时也感觉，昨天越来越多，明天越来越少，今天越来越短，虽说做好说走就走的准备，但也应向光而行，净空心灵，宽心做人，舒心做事，健康快活地度过每一天。余生不长但很金贵，多一份平和，多一点温暖，生活才会充满阳光。

余生不长，莫争。跟家人争，亲情少了；跟爱人争，感情伤了；跟朋友争，情义没了；跟对手争，烦恼多了。争的是理，输的是情，伤的是自己。如果一条疯狗咬了你一口，难道你还反咬对方一口？宽容是一种美德，是一种智慧。多感激你的朋友，是他们给了你快乐；多感谢你的敌人，是他们给了你坚强。你控制不了天气，不如控制自己的情绪；你改变不了现实，不如坦然接受。

余生不多，莫假。休息前，受名缰利锁的牵绊，恐怕谁都说过假话，做过假事，身不由己，可以理解；休息后，山野散人，无事一身轻，尽可以卸下包袱，活得任性一点，活得真实一点。真就是真，假就是假。骗得了别人，骗不了自己；骗得了一阵子，骗不了一辈子；骗得了一群人，骗不了所有人。世上没有最聪明的人，无非是知道的东西比别人多一点点，知道的时间早一点点而已。山顶有山顶的绮丽，山脚有山脚的闲趣。你站在高处看风景，也会有人在低处看着你，最终看到的都是一样的风景。

　　余生不闲，莫忙。人生犹如篮球赛，分为上下两个半场，但不能像比赛一样一拼到底，争个你死我活。通达的人会懂得上半场做加法，下半场做减法，放慢节奏，从容生活，活出优雅，活出淡定。人到老年，最好的活法是顺应自己的内心，顺应自己的需求，顺应自己的体力，顺应自己的节拍。不用那么忙，不用那么累，开心地做自己，那就是最好的自己。高速列车可以飞快地奔跑，但窗外的景色也会一闪而过，到终点却发现，双手紧握的不过只是满满的空。

　　欲是无底洞，难以看到尽头；光是指明灯，可以找到方向。日出东海，月落西山。愁也一天，喜也一天。遇事不钻牛角尖，人也快活，心也快活。人生短短几十年，学会惜福，学会知足，就会顺利到达彼岸。

第 三 辑

人情浮沉磨韧性

时间花在奋斗上

家不是房屋，而是心灵的港湾。对于一个家庭来说，最好的传家宝，不是房子、车子、金钱，而是读书做人的道理。一个爱读书的家庭，孩子才会受益一生。一个善于沟通的家庭，总是心平气和。家是港湾，不需太大，宁静就好，虽不华丽，却欣欣向荣。没有谁可以一辈子为孩子挡风遮雨，优秀的父母就是拥有从容的心态，让孩子学会坦然面对人生中的得失，轻松驾驭跌宕起伏的人生。一个家最好的风水，就是闻到书香，听到安静，想到从容，看到勤奋。

家败离不开"奢"字，人败离不开"逸"字，人嫌离不开"骄"字。骄奢淫逸，是一个家族败落的开始，而狂妄傲慢，则是一个人衰败的开始。古人云："天欲其亡，必先令其狂。"如果一味昂着头生活，那就会给人一种趾高气扬、不可一世的感觉，让人敬而远之。择高处立，就平处坐，向宽处行。境界越高的人，在处世方面，越是谦卑朴实，而不是盛气凌人，傲慢无礼。人有多谦卑，就有多高贵。人这辈子，行就要行得正，站就要站得直。为人坦坦荡荡，行事堂堂正正。

正确认识自己，方能行稳致远。凡事要懂得适可而止，量力而行，千万不可争强好胜，作茧自缚。人生在世，一两次的失败并不意味着屡次失败，一两次的隐忍也并不意味着人生无望。要懂得低调做人，切忌锋芒毕露，任何无知的逞强或盲目的高调，都是愚蠢的行为。没有金刚钻，别揽瓷器活。做人要有自知之明，不可打肿脸充胖子，否则，最终害人害己。每个人都是赤裸裸来、赤条条去，纵有家财万贯，日食不过三餐；纵有广厦万间，夜卧不过七尺。要学会知足，方能在物欲横流的当今社会，找到属于自己的目标。

智者不怨人，明者不怨己。谁都希望一生顺风顺水，可是生活总会有喜有忧、有起有落。事与愿违的时候，难免会抱怨；遭遇挫折的时候，难免会恐慌。没有谁活得容易，每个人都在负重前行。抱怨是一剂毒药，不仅拖累自己，还会传染他人。与其怨天尤人，不如提升自己；与其抱怨黑暗，不如提灯前行。无论环境如何变化，一个人关注的重点应该是自己的内心。不管经历过多少不平，有过多少伤痛，都应该舒展眉头过日子，内心丰富安宁，性格澄澈豁达。把时间花在奋斗上，而不是抱怨，这便是人的认知秘诀。

人与人的差距常在思考的深度，有些人能见微知著，有些人则是一叶障目。正如高手下棋时，能看到后面几步甚至几十步，提前想到对手的招数，并找到应对的方法。在遇到问题时，许多人输在后知后觉。一个人只有想得深入、看得透彻，才能走得长远。深度思考需要终身学习、深入学习，不断更新自己的观念和思想。让学习成为一种习惯，我们才能不断收获应对生活的底气和智慧。人在这个世界上，哪一个人不要别人帮，哪一个人又能不帮别人？能够做到帮人不惦记，被人帮不忘恩，才是一种人生的境界。示恩与忘恩都是一种人品缺陷，也是人生走向成功的绊脚石，当为人生之大忌！奢、逸、骄是人生走向成功的绊脚石，必须时时反省检点身上有没有这三方面的问题，一露头就掐掉，把点滴时光花在奋斗上，成功就在不远处。

人情浮沉磨韧性

对于一个人的事业选择而言，是找到能让你内心欢愉的饭碗，还是把你手头的饭碗做成让你欢愉的事业，这是两种思路。核心是，成功与否的评价并不来自他人的定义，而是源于自我内心深处的满足。

人时常会觉得孤独，因为一睁开眼睛，周围都是要依靠他的人，却没有他可以依靠的人。做人做事，我们总是想着要有所依靠，可是一次又一次的打击告诉我们，在这个世界上，每个人都有属于自己的责任和义务，别人真正能帮你的事情总归还是少数。就像古话说的："靠山山会倒，靠人人会跑。"既然这样，我们就只能学着依靠自己，找到自己的立足点。

没有不被评说的事，也没有不被议论的人。做人难，难称千人心，难调众人口。所以，怎么开心怎么活。世上有一条永恒不变的法则：当你不在乎时，你就得到；当你变好时，你才会遇到更好。只有当你变强大时，你才不害怕孤单；当你不害怕孤单时，你才能够宁缺毋滥。

理解是一座桥，两头是路，没有桥，路就断了。宽容是一把伞，伞下是温情，没有了伞，世界就变得冰冷了。理解，会让我们走出阴影，走进一个新天地。宽容是一把盛开着的伞，我们在伞下享受着温暖的阳光。让我们共同搭建一座理解的桥，撑一把宽容的伞，让世界处处充满阳光。

生活中，不要用刻薄的眼神去观察人和事，眼睛是我们与心灵沟通的窗口，而不是搜寻别人对与错的武器。大多烦恼的产生其实是因为我们自己的思想太过于复杂，顾虑太多，看不惯的太多。所以烦恼来临了没必要难以自拔，它既有来处，肯定也有出处。有了困惑就一定会有放下困惑的办法。

遇难不回避。唯有不向苦难低头的人，才能活出自己的精彩。困难是欺软怕硬的，你越畏惧它，它越威吓你；你越不将它放在眼里，它越对你表示屈服。人经过不同程度的锻炼，就获得不同程度的修养和不同程度的效益。好比香料，捣得愈碎，磨得愈细，香得愈浓烈。

在人情浮沉中打磨韧性，才能经得起世界的刁难；在世事历练中沉淀静气，才能洞察解决问题之道。当遇到诸多不测风云时，自暴自弃是一条路，迎难而上也是一条路。学会把每次的刀山火海，都当作破茧化蝶的考验，闯过一关又一关。无论生活设下多少关卡，都能在这泥泞路上行稳致远。如果遇人不淑，那就视作修行，不为恶语所恼，不为恶行所怒。以磐石之心面对烂人烂事，纵使他有千般伎俩，也乱不了自己的心境。遇事修行，遇人修心。

年龄随时间增长，皱纹被岁月雕刻。头上渐渐出现了白发，这说明开始变老了。童年仿佛梦境一场，青春好像就在昨天，再也回不到从前。经历万事，体验百态童年的天真早已消散，青春的热情无法再现，只剩下中年的油腻，老年的惆怅。突然发现，眼角的皱纹如此明显，身上的皮肤已经松弛，睡眠的时间越来越短，心智体力大不如前，想得越来越多，醒得越来越早。以前看不惯的，现在习惯了；过去忘不掉的，现在放下了。对金钱不再渴望，对名利不再追求。最向往的是健康，最乐意的是放松。人生像四季：有春的希望，夏的浪漫，有秋的成熟，冬的安详。

人生很苦，命运无情。人生就是个过程，不管你愿意不愿意，这个过程都得走完。人这一生，最残酷的事情，莫过于约好了再见，转身却再也不见。那些想说却没勇气说的话，大胆去说；那些想做还没来得及做的事，抓紧去做；那些想看还没机会看的风景，尽情去看。很多时候，放下才是对生命的滋养。活着的价值，在于普通而又平静的生活本身。人世间的一切不平凡，最后都要回归平凡。只有把平凡的生活过好，人生才是圆满，才不枉此生，不负岁月。珍惜当下，不恋过去，不畏将来，接受生活的平凡，渺小之中也有伟大。

纯朴谦和酿高贵

朴素是真的高贵，繁华终究是过眼云烟。越是精神高贵的人，越懂朴素的力量。一切真正的和伟大的东西，都是纯朴而谦和的。财富和名利不过身外之物，每个人的肉体和精神最终都还是自己的。如果说要对自己的肉体和精神负责，那么永葆儿时的心境、保持年轻的心态，就是人生最好的状态。

水的清澈，并非因为它不含杂质，而是在于懂得沉淀；心的通透，不是因为没有杂念，而是在于明白取舍。物随心转，境由心造。纵然繁华三千，看淡即是云烟，任凭烦恼无数，想开便是晴天。不以物喜，不以己悲，泰然处之。人生不过弹指一挥间，何必忧愁烦恼。宽广豁达，方是身安之道。人性的善良，是盛开在内心深处的雪莲花。良善之心，给尘世以光亮，给人间以温暖。善良是一种传递，用言行把善传递给别人，让人感受并且放大。善良，就像黑夜里的灯火，每付出一份善意，就有一盏灯火亮起。

永远把自己放在恰当的位置上，顺应历史，站位时代，看清真相，悟透事情，做该做的事，说该说的话，走正确的路。这些都是心思意念。心是什么？心是一切经验的根源和基础，它创造了快乐，也创造了痛苦；创造了生，也创造了死。心的第一个层面是"凡夫心"，这是会思考、谋划、欲求、操纵的心，是会暴怒的心，也是忧郁不定、反复无常的心。但此外，我们还有人心的本性，这是永恒的，不被死亡以及任何外界事物触及。说到底，心性就是万事万物的本质。

时光，让你没有机会回头，也没有机会感叹，该错过的已经错过了，该重逢的总会来的。一程山水，一处风景，生命中的每一次来去，都是一段岁月，我们只有互道珍重。

人的一生其实就是早和晚的事，被动地晚吃苦不如主动地早吃苦。人生是很累的，你现在不累，以后就会更累；人生是很苦的，你现在不苦，以后就会更苦；人生是很难的，你现在不流汗，以后就会流泪。因为万物相生相克，无下则无上，无低则无高，无苦则无甜。做难事必有所得。你身上的本事，都是在你很艰难的时候长出来的；你身上的毛病，全是在你很舒服的时候惯出来的。这是人生的基本规律。

莫和自己过不去

对于平淡的生活而言，热爱无疑是最好的解药。它会赋予你能量，赐予你热情，吸引你不断去探寻生命的更多可能性。心有热爱，眼中自有光芒。愿接下来的日子，你能找到所热爱的事，并为之全力以赴，活成自己喜欢的样子。

一个人经历过苦难，才知道幸福的美好。一个人不懂得珍惜，再多的金钱也难以快乐；一个人不懂得奋斗，再好的平台也难以圆梦；一个人不懂得感恩，再美的环境也难以成功；一个人不懂得包容，再多的朋友也难以留住；一个人不懂得满足，再富的家境也难以幸福。我们只有看宽，才能认识世界百年未有之大变局，才能强化"自信自强、守正创新、踔厉奋发、勇毅前行"的高度自觉。努力，人生才会精彩；拼搏，生命才有价值；自信，事业才能强盛。

　　一棵桂花树，栽进花盆里，只能靠有限的土壤和养分生长，即便开花，也只能芬芳一个花盆。如果把它栽进缸里，它会比在盆里高出许多，如果把它栽进宽敞的庭院里，它就能长成一棵又高又大的桂花树，芬芳整个庭院。同样一棵桂花树，最后决定它能长多高的，是脚下的土地。把人比作桂花树，那么你脚下的平台是外部条件，真正画地为牢的，是人的认知。哪里有什么外面的笼子，囚禁你的，是自己的观念和认知。一个人最好的投资，就是对自己认知的投资，因为我们终其一生，都是在为自己的认知买单。

　　学习对一个人的重要性，不只在于习得新知识，更在于它能帮助我们保持深度思考，从中不断修正对世界的认知、对自我的了解，继而获得真正的成长。永远不要停止学习，因为生活永远不会停止教学。学习从来不是一件一劳永逸的事情，它应该是人生任何阶段都不可缺少的一种能力。

　　小胜靠智，大胜靠德。厚，是一种博大的胸怀，是一种静水深流的沉稳；厚，是一种高尚的品格，更是一种可贵的心态。真正有贵气的人，立身敦厚，不居于浅薄；存心朴实，不居于虚华。古人治家与教育子女，多以"厚道"为先。厚道是安身立命之本，是做人做事的基本准则。驾驭自我，驰骋四海，要以德服人。心存厚道，才能微笑着去接受生命中的痛苦与幸福，以一种洒脱的态度接受生命的考验。厚道为人，厚实为重，厚德载物。

你今天的厚道，就是明天的财富。

复杂的事情简单做，是专家；简单的事情重复做，是行家；重复的事情用心做，是赢家。有些事，退一步，眼界就宽广了；有些人，让一步，内心就轻松了。拒绝不了诱惑的人，行动力比较差；拒绝不了美食的人，身材肯定不会好；拒绝不了消遣的人，睡眠肯定不好；拒绝不了懒散的人，肯定难以自律。拓宽自己的格局，改变自己的思维，增强自己的行动力，定会变得越来越好。

行有所止，欲有所制。欲望是人之本能，而控制欲望却是人之能力。人生欲望，如树上杂枝，无法完全消除，但需要定期修剪。学会删减不切实际的欲望，控制超出需求的索取，不再盲目地追逐。人生，千万别和这些过不去。第一个，别和小人过不去，因为他和谁都过不去。第二个，别和社会过不去，因为你会过不去的。第三个，别和自己过不去，因为一切都会过去。第四个，别和亲人过不去，因为他们不会让你过去。第五个，别和往事过不去，因为它已经过去了。第六个，别和现实过不去，因为你必须过下去。这六个过不去，说到底是莫和自己过不去。欲望简单，才能活得坦然。

遇事别太焦虑，别给精神上枷锁，让心放松简单，顺应变化，随遇而安，从容无惧。把多余的部分去掉，生活可以成为艺术。要懂得删繁就简，去伪存真，让生活回归简单纯朴，才能轻松快乐。从简单到复杂，是上半生的成长；从复杂到简单，是下半生的历练。放慢脚步，去感知生活的初心；回归简单，去感受轻松的乐趣。人的一生有两件事尽量别干：用自己的嘴巴干扰别人的人生，靠别人的脑子思考自己的人生。在平凡中生活，在平淡中精彩。当我们每一天过得充实，眼中无迷茫，心中无烦恼时，日子就会充满希望，岁月就会洒满清欢。日子最好的过法，就是在自己的世界里熠熠生辉，在别人的世界里顺其自然。

敬畏天地才清醒

看一个人的人品，就看他对弱者，是亲和还是欺负。看一个人的实力，就看他对强者，是恭维还是淡定。看一个人的格局，就看他对同行，是学习还是诋毁。看一个人的境界，就看他对天地，是敬畏还是狂傲。

凡是你想控制的，其实都控制了你，当你什么都不要的时候，天地都是你的。遇到是因为有债要还了，离开是因为债还清了。前世不欠，今世不见；今生相见，定有亏欠。缘起，我在人群看见你；缘散，我看见你在人群中。如若流年有爱，就心随花开；如若人走情凉，就手心自暖。不要害怕失去，你所失去的，本来就不属于你，也不要害怕伤害，能伤害你的，都是你的劫数。繁华三千看淡浮云，烦恼无数想开就是晴天。你以为错过了是遗憾，其实可能是躲过一劫。别贪心，你不可能什么都拥有；

也别灰心，你不可能什么都没有。所愿所不愿，不如心甘情愿；所得所不得，不如心安理得。

老天让你做不成有些事，那是在保护你，别抱怨别生气。世间万物都是有定数的，得到未必是福，失去未必是祸。人生各有渡口，有缘躲不开，无缘碰不到，缘起则聚，缘尽则散。有时候身体太累了，你并不需要刻意做什么，只需要把嘴巴闭上，眼睛闭上，精神回收，守一执念，安安静静地坐着，就会达到很好的效果。保持静默模式是人体与天地自然能量沟通交流的基础，在安静放松的状态下，天地的能量会自动流入你的身体，通透你的身体，强大你的生命能量场。

每天早起，养成习惯，功夫不负有心人。睡懒觉你只需要闭上眼睛，而早起很考验一个人的意志力，因为还要与懒惰的身心和舒适的床铺抗争。有人说，一个人做到早起，不一定就代表他会成功。但一个成功的人，一定有许多优秀的好习惯，包括早起。

读书时，成绩比你好的同学，或许不是更聪明，而是当你还在睡懒觉时，他们每天坚持早起读书学习。上班时，业绩好的同事，或许不是更能干，不过是当你还在赖床时，他们就到办公室提前做了许多准备工作。

早起，也让你有更宽裕的时间去掌控自己的生活，秩序规律，心境平和，思维清晰，便不容易陷入对眼前任务的恐慌之中。

好习惯出自反复打磨，凡事亦需拼一番笨功夫。越是聪明的人，越是懂得下苦功，走远路。用足够多的时间沉潜下来磨炼自己的能力，稳扎稳打、耐心付出，成功才会有可能。

真正拉开人与人差距的，是你洞察事物本质的习惯和能力。花一秒钟就能看透事物本质的人，和花半辈子都看不清事物本质的人，注定是截然不同的命运。因此，我们要持续提高对信息的敏感度，培养独立思考的习惯。

把眼光放长远。时间和环境都是有局限性的，所以，遇事不要拘泥于现状，把事情放在更长的时间跨度中去思考，专注于"底层逻辑"。唯有从自己心中生发出来的思想，才是有生命力的；唯有扎根于底层逻辑的思想，才拥有"扭转乾坤"的威力。

放弃学习，故步自封，你的三观和认知，也会变得越来越狭隘。而你的知识密度越高、见识越广，你的认知思维能力也会越高。真正限制一个人的，从来不是经济上的贫穷，而是认知上的困顿。思维的宽度，决定人生的高度。

容别人不容之人，忍别人不忍之事。落子博弈讲究棋无定式。凡事显露在外，既让人看轻，又于事无益。万事尽收于心，方显英雄本色。不想进步的士兵不是好士兵，而想进步的士兵是在不声不响地努力打拼。一个人如果被脾气拖曳着走，就落了下乘。成熟的人，能稳得住情绪。不要因为有点学问就恃才傲物，常存敬畏之心，才是惜福之道。木秀于林，风必摧之；人拔乎众，祸必及之。太过于锋芒毕露，容易让自身成为众矢之的。懂得藏锋守拙，便是安身立命的长久之道。

大喜过望，乐极生悲，为人处世只求三分欢喜。让自己的心静下来，不问红尘扰扰，只待岁月静好。欢喜是被智慧照耀的快乐，是看开后的会心一笑，是领悟后的豁然开朗，是随意清风、静看花开的自在，不求山高水长的永恒，只求此刻一花一草的欢喜。真诚，是敲开他人内心的砖；真诚，是与人交心的态度。有时真诚看似会吃点眼前的亏，但却可以帮你换来长久的人心。与人相处，聪明不如真诚，精明不如厚道。能力、才华，是处事的砝码；靠谱、踏实，才是立世的根本。内在的坦荡和诚意，才拥有打动人心的力量！生命的旅程里，总是遗憾太多，有些东西是无可奈何，而有一些，本来是可以避免的。只是遗憾也好，满足也罢，都将成为我们生命中的一道风景。这条属于自己走的路，既然选择了，就一定有属于它的道理。

善于经营事业成

一个人的生活怎么过，工作怎么做，是要提前规划的。常言道，吃不穷，穿不穷，算计不周一生穷。正所谓"谋定而后动"，小事着急没意义，大事越急越慌乱。遇到事情，先筹谋对策，而后行动实施，表面上看似缓慢，实则事半功倍。

每天每件事，先谋划方略，而后行动。首先是盘算理顺人际关系。看不惯别人是胸怀不够，脾气不好是修炼不深。生活中，总会碰到不顺眼的人和不顺心的事。有些人动不动就被脾气牵着走，火从心头起，气向胆边生。心若阴霾密布，处处是痛苦；心若晴空万里，处处皆风景。算准自己的方位，拿得起放得下的人，才是生活的赢家。前方再暗，只要点亮心灯，一切都会豁然开朗。过去的终归已过去，做人做事，频频回头或成天回忆过去，都是在浪费自己的时间。一直按以前的老路走，那就无法遇见更优秀的自己。

　　静置杂思杂念，清除多余的烦恼，我们的灵魂才会变得干净，心胸才会变得更豁达。安放心情心绪，耐心打磨好自己，我们才能实现生命的升华，活成自己喜欢的模样。每一个人遇到挫折，都隐匿着一些新的可能，可怕的不是挫折，而是面对挫折时的消极态度。只有扛住压力和痛苦，不断总结和反思，才能化挫折为财富，激发出人生的无限潜能。当下的力量，都是对未来过于关注而对当下关注不够所引起的。我们生活越难，越要全力以赴，过好当下。消极怠慢，只会把日子越过越差。积极应对，立足当下，才能实现梦想，功成名就。把眼前的小事做好了，自然能成就大事，每天进步一点，也能给未来带来巨大的飞跃。

　　没有人是完美的，无须遮掩自己的缺点。行走于世，人品是一个人最好的通行证。老话说："唯有德者可以其力，唯有人品可立一生。"树怕空心，人怕无品。仰俯之间不仅是一个姿势，更是一种态度，一种品质。学会接受，接受孤独，接受失去，接受自己的不完美，也要学会担当，担当责任，担当义务，担当风险。如果你是对的，就没有必要生气，如果你是错的，就没有资格生气。水深则流缓，语迟则人贵。

　　争吵，最扎心的事就是翻旧账。不管平时有多深的感情，一旦翻旧账，过去所有的不开心和委屈，都会再次翻涌出来。一层堆叠一层，让原本的小事，变成大事。旧账一翻，地覆天翻。翻旧账就像是掀开一处即将愈合的伤口，然后再往伤口上撒一把盐。有矛盾当场解决，然后一码归一码，干净利落，才是长久安稳之道。

尊重别人的不同，包容别人的过错。人间百态，悲欢虽不能相同，但感情却能共融。当别人有难处时，可以选择体谅和帮助。每个人的人生轨迹不同，生活方式和爱好也不尽相同。有人觉得臭豆腐香且味美，而有人却觉得臭不可闻。格局大的人，没有看不惯的事，也没有容不下的人。因为他们明白，遇到讨厌的人时，换个方向，绕过去才能更好地前行。一个处处不能容的人，看到的一切都是问题；一个万物皆可容的人，看到的一切都是美景。允许自己与别人不同，让你特立独行；允许别人与自己不同，让你海纳百川。

再柔软的舌头，也有挑断一个人筋骨的力量。你脱口而出的一句话，甚至无意的一个评价，压在别人身上就是一座山。看破世事却不语，知人痛处从不言。智者言语有尺，说话前深思熟虑，从不会戳人痛处，懂得维护别人的自尊心。所谓情商高的人，看破不说破，看穿不揭穿。知理不争辩，不仅是学识撑起的修养，更是于岁月中沉淀出的一份智慧。时间从不说话，却总能回答所有问题。不知道的事情，不评价；看透了的事情，不拆穿；无所谓的事情，不争辩。

每一个清晨，都是新生；每一处晨景，皆是良药。一个人的内驱力，决定了他所能达到的高度。唯有"自燃型"的人，他们永远保持着积极乐观的心态，热情洋溢地生活。生命历程中的痛苦和悲叹都是水上写的字，会在潮起潮落间被冲得一干二净。大海型的人，即便身处低谷时，也能够保持淡然之心，充满生生不息的希望。

强者扛责任，弱者常抱怨。若不如意就诉委屈，目之所及都是一片阴霾，别人只会疏远。若一味地怨天尤人，只会让自己习惯于诿责他人，对问题的解决无济于事。在人生成长路上，终有百般滋味自己尝，千种苦楚自己扛。向人诉苦是徒劳，与其如此，不如默默承受。与人相处，被误会是常态，遇到磕碰也难以避免。工作中，别人不清楚来龙去脉，会错怪你不够尽心尽责；同事会甩锅给你，让你挨骂；别人也可能鸡蛋里挑骨头，处处为难你。但生活终究是自己的生活，经受的委屈，自己咽，遇到的坎儿，自己越！

人生在世，有时海浪滔天，暗藏着巨大的风险与痛楚；有时又波澜不惊，风微浪稳，相安无事。生活，需要一份底气，更需要有保全自己的能力。生命的意义远不止生存，真正的技巧在于学会永远靠自己生活。一个人如若不善于自我经营，忽略了自我建设，即便有华丽的皇冠，也无法承受其重。经营好自己的事业，有一份属于自己的工作，会活得有目标，更充满活力，事业是一个人最好的底牌。

人际关系信用卡

　　一个人眼光的长度，决定了他的目光是否有前瞻性，能否越过当下的障碍看到未来；心胸的宽度，决定了他是否能够包容生活中的起起落落，从容前行；思想的深度，决定了他是否能够抵抗世俗的诱惑，坚持做自己。辉煌过，终会落幕；月满后，终会亏缺。盛极则衰，是人间常态。没有谁，能够一直绽放。

　　人生在世，不少人急功近利，爱贪小便宜。殊不知，事事算计、斤斤计较的人，自以为自己很厉害，最后自己却吃亏。凡事不可占人半点便宜，不可轻取他人之财。一个人，若把算盘打得太响，算计越多，跟头就会栽得越狠。人生之路是否能走得长远，凭的是心中的那杆秤。只有做人厚道，做事公道，才能压住大事的秤砣。

　　人与人之间的关系就像一张信用卡，一旦透支，你就进入了对方的黑名单。莫要仗着几分聪明，把别人都当傻子，须知聪明反被聪明误。做人，不可太过自作聪明，久而久之，没有人会再信任你。唯有学会坦诚相待，以真心换真情。那些千方百计证明自己最聪明的人，往往都会去做最蠢的事。一个人的路能走多远，不光要看他如何思考、如何行动，更要看他能否像溜冰高手一样收放自如，关键时刻能否稳得住。

自然地活着，平淡地过着，开心地笑着，合理地忙着，就是一种完美，就是一种财富，就是一种快乐，就是一种幸福。年复一年，都是隆重而来，悄然而去。一年又一年，丰满了记忆，苍老了容颜，迎来了春光，送走了寒冷。一年又一年，期盼中载满幸福，愿望中满是平安。一年又一年，我们从孩童步入中年又迈进了老年，最好的皆是顺其自然。一年又一年，感谢家人也珍惜好友，感恩生活也珍惜遇见，执着努力亦随遇而安。

为人处世，高处不骄，低处不卑。别人负你，报以宽容，更显雅量。做事不做绝，才能进退自如；别人有路可走，自己才不会陷入绝境。得饶人处且饶人，成全他人，就是成就自己。行走于世，学会对人宽容，也是对自己最好的保护。知人不必言尽，留些口德；气势不必倚尽，留些厚道；凡事不必做尽，留些余德。生活太较真，会少了惊喜和乐趣。行不至绝处，言不至极端，这是做人的品格，也是处世的智慧。凡事有节，留点余地，人生有度，游刃有余。举杯敬往事，尽付浊酒中。

人情深厚要珍惜

不要认为关系是靠拉的，运气是靠"碰"的，无数事实证明关系是用真心换的，运气是靠才能滋养的。当一个人做好多方面的充分准备工作，机会来临时，抓住它的概率就会增大。反之，若只会投机取巧，只能让好机遇溜走。

人生在世，真情难得，人情难还。彼此关系愈近，愈要讲究距离和分寸。感情再深，若无视尺度、频频越界，关系也会亮起红灯；人情再浓，若随意透支、挥霍无度，情感账户也会归零。不拿关系做筹码，不用人情下赌注，才是一个人最大的清醒。

悬崖的边界很清楚，所以我们不会靠得太近。水的边界比较模糊，所以经常会淹死人。人与人之间的一切麻烦和冲突，都源于无意中突破了界限。

生活中，我们常以为双方关系稳如泰山，便忍不住频频越界。人跟人交往的大忌，就是用关系做筹码，无视边界。很多人都是这样，以为关系熟了，就肆无忌惮地在别人的禁区一再试探。该靠近时靠近，该回避时回避。既给对方留有空间，又给自己留有余地。亲疏有度，熟不逾矩，关系才能常青、常新、常在。别以为感情深，便随意透支。有一些人，为换取自身方便，打着"人情味"的幌子，做着"道德绑架"的事，不仅无形中拔高了相处的成本，还贬低了自己的身份。

并肩经历了世间冷暖，感情却依旧笃定如初，那才说得上是真正的感情。这种感情是建立在共同奋斗的基石上的。你若不抽出时间来创造自己想要的生活，最终将不得不花费大量的时间来应付自己不想要的生活。如果你总是把改变推到明天，那么今天你就要付出更大的代价来维持现状。世界上没有人欠你什么，如果你习惯于埋怨、批评、索取，今生亏欠你最多的其实是你自己！

人情虽好，但不可滥用；关系再深，也不宜透支。与人相处，永远要记得：不要用越界的方式，考验关系的深浅；不要用透支的方式，试探感情的浓度。既不放弃每一次相遇的机会，也不辜负每一颗奉给自己的真心。毕竟，相处有温度，人际关系才能稳定；付出有回应，情感账户才能溢满。

有句话说得好："酒肉兄弟千个有，落难之中无一人。"一个人贫穷时，他身边的很多人都会选择远离，能留下来的少之又少。在你有难时，出手相助的人，更是显得难能可贵，这样的恩情，应铭记于心。你帮我一次，我记你终生。懂得感恩，是一个人最重要的品质。《诗经》中说："投我以木桃，报之以琼瑶。"别人帮你，即使无法及时报答，也要心怀感激铭记。很多时候，别人帮衬我们，并不是亏欠我们，而是因为念着彼此的情分。

人生是一场追求，也是一场领悟。有能力就不必气馁，有价值就不必炫耀，有深情就不必浪费。一个人最大的魅力是拥有阳光的心态，功名利禄皆是昙花一现，富贵荣华终是云烟过眼。拥有阳光之心，得失皆无忧，来去都随缘。心无所求，便不受万象牵绊，就能坐也从容，行也从容，宠辱不惊，优雅走过一生。

人生就是一个删繁就简的过程，生活的智慧就在于滤除杂质，让思路更清晰。学会复盘，没有什么路是白走的，没有什么事情是白做的，有些看似无意义的小事情，都是自己人生成长之路上不可缺少的一块拼图。真正的聪明人都是内方外圆，他们有自己的坚持和底线，所以活得清醒且通透，轻松而自在。一个人要想走向成熟与强大，就要学会接受，接受世事无常，接受分道扬镳，接受过去和当下……无论好的坏的，我们所经历和感受的一切，都是生活给予的宝贵财富。听从内心，坦然接受，就会迎来成长的惊喜。

钻石打磨才璀璨

曾国藩曾说过："坚其志，苦其心，劳其力，事无大小，必有所成。"一个人的成功，离不开刻苦和勤奋。泰戈尔说："只有经过地狱般的磨炼，才能炼出创造天堂的力量；只有流过血的手指，才能弹出世间的绝唱。"

社会不会因为你的眼泪，为你降低标准；生活不会因为你的脆弱，给你想要的一切。没有人在乎你的落魄，没有人心疼你的泪水。别人只关心你有没有本事，你会不会成功。没有沙砾的磋磨，就没有珍珠的闪烁；没有斧凿的打磨，就没有钻石的璀璨。

人生有三样东西，是无法挽留的：生命、时间和爱，我们能做的就是珍惜。大智者必谦和，大善者必宽容。唯有小智者才咄咄逼人，小善者才斤斤计较。有大气象者，不讲排场；讲大排场者，露小气象。大才朴实无华，小才华而不实；大成者谦逊平和，小成者不可一世。真正优雅的人，必定有包容万物、宽待众人的胸怀。真正高贵的人，面对强于己者不卑不亢，面对弱于己者平等视之。世态炎凉，无须迎合，人情冷暖，勿去在意。身在万物中，心在万物上，静听大海潮起潮落，笑看天边雁去雁回，在纷扰喧嚣的红尘，亦能简约安然地享受生命与生活，看得透、想得开、拿得起、放得下、立得直、行得正。

感情，需要的是理解；相处，需要的是默契；陪伴，需要的是耐心。不是每次都会有人为你铺好了路，让你轻松地走；不是每次都会有人给你关心和爱护，让你一生无虑；不是每次都会有人给你撑伞，让你不被雨淋湿。不是因为你哭，就会有人给你糖吃；不是因为你痛，就会有人关注你；不是因为你委屈了，就会有人关心你。所以，你要吞下所有的委屈，熬过所有的寂寞，让那些不在乎你的人都看到你的强大。唯有自己闯出一片天来，才是人生活着的最大底气。

气不顺的时候，少说话，说出来的话，必定伤人，而受伤的往往是身边最亲密的人。活得糊涂的人，容易幸福；活得清醒的人，容易烦恼。这是因为，清醒的人看得太真切，一较真，生活中便烦恼遍地；而糊涂的人计较得少，虽然活得简单粗糙，却因此觅得了人生的大滋味。一辈子太短，别太看重金钱，别太为难自己，别再计较得失。没人心疼的时候，自己心疼自己；没人在乎的时候，自己在乎自己。世界上只有一个你，你都不对自己好，谁来对你好！

再累，也要记得锻炼身体；再烦，也要记得微笑面对；再苦，也要记得犒劳自己；再急，也要记得心平气和。人生最奢侈的是拥有一颗不老的童心，一个生生不息的信念，一具健康壮实的身体，一个牵手示好的心上人。人活着，心情灿烂，最重要！吃饱穿暖，最重要！身体健康，最重要！有人爱着，最重要！美丽，是一场长跑，它不属于某个年龄阶段，而是整个人生。二十岁活青春，三十岁活韵味，四十岁活智慧，五十岁活坦然，六十岁活轻松，七八十岁就成无价之宝，即使老，也要老得漂亮。

没人能预知风速的快慢，但可以改变心情的好坏。快乐并不在于外部的环境，而是在于自己的心境。若向他人抱怨过多，生活就会变得很糟糕。只有心态好了，人生才不会那么累。一个拥有正能量的人，他的磁场会带动万事万物变得有序和美好。没有谁的人生是一帆风顺的，当你选择了阳光的那一面的时候，也就避开了阴影。把自己活成一束光，周围的人也会被照亮。每个人都有自己的辛酸和委屈，快乐能与人分享，痛苦只有自己扛。每个人的心里都有一座山，要靠自己越过；每个人的生活都有痛苦，要靠自己治愈；每个人的人生都有严冬，要靠自己取暖。唯有经得住风雨的人生，才能见彩虹。

轻舟已过万重山

我们对于自我认知的改善，如同攀登高山，这是一趟远比想象更加困难的冒险之旅。但毫无疑问，当我们得知山顶风光的壮丽时，会感到一切付出，都是物有所值。

实现正确而精准的自我洞察，是一件看似简单，实际上非常困难的事情。正确认识自我，是我们在工作、生活中，做出科学决策，从而实现目标和自我进步的基础。变强大不是意味着要成为一个强势的人，而是变得更加从容。当生活失去掌控的时候，你不再感到紧张、焦虑，而是对自己多了一份笃定。你知道任何事情都有解决的办法，你也知道自己一定可以解决，这才是真的强大。"失之东隅，收之桑榆"，回头看，轻舟已过万重山；向前看，前路漫漫亦灿灿。

当一个人体会了生活的种种凉薄，历经了太多的人世沧桑后，就会看清现实。罗曼·罗兰曾说过一句话："世界上只有一种英雄主义，那就是在认清生活真相后依然热爱生活。"生活其实就是这样，只有爱过、恨过、苦过、累过、笑过、哭过之后，才会明白，流光容易把人抛，内心要学会安然无恙。请相信，一切都是最好的安排。无论你站在哪一层，走在人生的哪个阶段，都有属于那一段的时光和感悟，都是生命中最好的经历。

我们往往想象得太过于美好，而生活则太过于苍白，只有当你目睹、亲历、亲自思考之后，你才知道有些事情竟然是这样的。人随着年龄增长不再年少轻狂、不再个性张扬。越痛，越不动声色；越苦，越保持沉默。

每个人都在不断成长，真正的长大就是越来越沉默，就是将哭声渐渐调成静音的过程，渐渐把情绪收到别人看不到的地方，一个人学会坚强。以前，一件小事都要发朋友圈里让别人看到；现在，所有开心的不开心的事都一个人默默承受，哪怕到了深夜想哭，或许都不会让眼泪流下。慢慢明白，命里有时终须有，命里无时莫强求。人生很多东西是可遇而不可求的，有些东西你刻意要得到反而得不到，有些你不想得到的东西，却在转角处遇到。卞之琳说："你站在桥上看风景，看风景的人在楼上看你。明月装饰了你的窗子，你装饰了别人的梦！"原来，每个人都是风景！

成长积累到一定程度，才能跃升到下一个阶段。若连第一步都不敢迈出，就只能一直停留在原地，总在想与做之间徘徊纠结，时间将在一拖再拖中溜走。只想不做，机会错过；边想边做，收获多多。计划时踌躇满志，行动时犹豫不决，将消耗我们的体力和精力，瓦解做事的决心和意志。与其瞻前顾后，不如大胆上路。

人生就像演戏，我们都是命运的主角，在摸爬滚打中吸取教训，在经历坎坷中总结经验。不知不觉中，我们成熟了，稳重了，也明白了很多事，看透了很多人。从最初的年少无知，到后来的历经沧桑；从开始的看不惯，到最后的无所谓。见的多了，也明白多了，不求所有的日子都风光，只求所有的日子都健康。

我们大多数人都是普通人，不可能都明心见性，自在圆融。所以，很多时候我们不得不沦陷在俗世的琐碎中。因此，总有太多做不完的事，操不完的心，抛不去的烦恼，扯不尽的牵绊。很多时候你不得不妥协并接受现实，改变不了就只能去适应，这才是生存之道。

人过不惑，渐悟人生。后来，终于在眼泪中明白了，人生就是一个和自己、和周遭和解的过程。你要学会原谅，原谅命运的不公平，原谅自己的无能为力，调节自己的心情，让积极打败消极，让内心的坚定打败迷茫。人都会经历一段黑暗的时光，走过这一段不如意，就会遇到一个不一样的自己。

成熟不过是善于隐藏，沧桑不过是无泪有伤。原来，越有故事的人越沉静简单，越肤浅单薄的人越浮躁不安。真正的强者，不是没有眼泪的人，而是含着眼泪依然奔跑的人。因此，我们不要总在叹息这个世界的世态炎凉，却忘了冷暖自知。世界偶尔薄情，我们也依然要报以深情，好好活着。开开心心生活吧，因为今天过去了，就再也没有第二个今天了。心别累，心就有方向；人能动，人就有未来。有啥过不去的，大事小事，到了明天都是故事。心宽一点，面带微笑去生活。记住一句话：让他人低头不是厉害，让自己快乐才是本事！

第四辑

会学会问长学问

小草渺小力量大

人生苦短，不要遵照别人的意愿而生活，这样做无异于浪费生命；不要被教条束缚，因为那意味着别人在代替你思考。不要让他人喧嚣的观点掩盖你内心的声音，最重要的是你要有勇气去听从你直觉和心灵的指示，它们在某种程度上知道你想要成为什么样子的人。

人生路上，那些曾经走错的方向，流过的泪水，都在岁月的沉淀下，让你成为独一无二的自己。往事不回头，往后不将就。愿我们都能活成自己喜欢的样子，不纠缠，不争辩，不抱怨。勇敢地面对人生中的所有变数，无论是好的还是坏的。因为只有在不断的尝试中，我们才能够找到最适合我们的路。不放弃，不气馁，与自己的心灵保持亲密联系。

人生如行路，一路艰辛，一路风景。你的目光所及，就是你的人生境界。总是看到比自己优秀的人，说明你正在走上坡路；总是看到不如自己的人，说明你正在走下坡路。与其埋怨，不如思变。人一旦悟透了，就会变沉默，不是没有与人相处的能力，而是没有逢场作戏的兴趣。耳不闻人之非，口不言人之过，不羡慕谁，也不嘲笑谁，在自己的世界里独善其身。在别人的世界里，我们很难预料生活中会出现什么困难，但可以决定自己以什么样的心态应对。稳住自己的节奏，不自乱方寸，不因成败患得患失，始终专注当下。别着急，慢慢沉淀、积蓄力量，你一定能成为更强大的自己。奔波忙碌，别忘记欣赏沿路的风景；生活平淡，更要用心品尝三餐的食味。幸福，其实是一种心态。执一份简朴，不盲目攀比；守一份淡然，不苛责强求。学会发现身边的美好，才会拥有幸福的生活。

风吹草不折，弱极而生刚。别看小草渺小如斯，却蕴含着无穷的力量。经得住疾风劲雨，耐得住野火焚烧，天南地北随处生，冬时枯萎春满园。为人当如草，要懂得低调行事，才能稳居于天地之间。木秀于林，风必摧之；堆出于岸，流必湍之；行高于人，众必非之。一个人若是锋芒毕露、过于高调，容易引来非议。成熟的麦穗，总是低着头颅；包容的海洋，总是置身低处。越是厉害的人，越是懂得像草一样低调、置身洼处、默默生长。贵而不显，华而不炫，才能让自己远离是非；脚踏实地，低调谦卑，方能在人世间站稳脚跟。

人生，是自己的；情绪，是附加的。生命，是有限的；选择，是自由的。一生何其短，弹指一瞬间，如过隙白驹。不必刻意迎合谁，不必勉强改变自己。认为正确的路，就去走。心之快乐，莫过于有一方属于自己的天地；人之快乐，莫过于可以做自己的主人。很多时候，影响效率的不是能力，而是情绪。越感到不顺心、不如意、不平静时，越要保持冷静和理性。只有这样才能作出客观分析，才能让我们更快地找到前进的方向。

不必刻意迎合谁，不必勉强改变自己。每一个日出时分，都带着希望的问候：让每天的空气都是清新的，让每天的心情都是舒展的，让每天的收获都是充实的。过去的，别再遗憾；未来的，无须忧虑；现在的，加倍努力。往事是用来回忆的，幸福是用来感受的。做得再好，也还是有人指指点点；你即便一塌糊涂，也还有人唱赞歌。所以不必掉进他人的眼神，你需要做好的，就是把握当下。

我们读所有的书，最终的目的都是读到自己。喜欢读书，就等于把生活中寂寞的时光，换成巨大的享受。世界上的任何书籍都不能带给你好运，但是它们能让你悄悄地成为你想要的自己。人总是在书中保持独特的个性，拥有独立的人格，彰显不凡的气度。要知道，和别人在一起，我们会处于社会状态，只有和书独处时，才能真正发现真实的自己，认清自我、回归本原。

因为书是盾牌，能够抵挡浮躁诱惑；书是钥匙，能够开启迷茫困乱；书是武器，能抵抗艰难坎坷；书也是阶梯，一个人人生的高度，就是他脚下书本的厚度。当我们拿起一本书的时候，就走进了一个不同的世界。读书多了，容颜自然改变。许多时候，自己可能以为许多看过的书籍都成了过眼云烟，不复记忆，其实书的作用仍是潜在的。在气质里，在谈吐上，在胸襟的无涯，当然也可能显露在生活和文字中。从来没有人为了读书而读书，只有在书中读自己，在书中发现自己，检查自己。

早晨醒来，拉开窗帘，看见太阳已经升起，这个新的一天正等待着你去迎接。不要停留在昨天的遗憾和失落中，披上新的盔甲，奋勇前行，为自己的人生添加更多精彩。其实仔细想想，那些我们不喜欢的人，他们身上或多或少都有些我们自己的影子。人性很有趣，我们最怕的，是从别人身上看到自己的短处。

阅历越深，对人对事越会宽容，这其实是对自我的一种接纳。管理好时间，把精力多放在有价值的事上；管理好情绪，别一张嘴就说出难以挽回的话；管理好内心，不为周边无谓的纷争所烦；管理好身体，这是你实现一切想法的前提。管好你的脾气，因为戾气，恰恰彰显了你的短板，唯有热爱，才能在漫长岁月中，陪我们冲破艰难险阻，给我们持续努力、不断精进的最强动力。心有热爱，才会全力以赴；因为热爱，更能活出不一样的自我。

人生事业并非"偶然"的连续，好事坏事交替而来才是人生。当遇到挫折时，请不要颓丧，越痛苦的时候越要更加坚强。奋斗之后必有硕果，成功之后更能增添力量。人的坚强就是力量，最重要的就是"持续"，就是认真做好每一件事。我们做事一定要踏踏实实、一步一个脚印地走下去，持续努力地工作，就是把分配给自己的事当作天职，一辈子持之以恒，这样才能品尝到事业成功的欣喜之情。

时间在不断筛选你身边的人和事，不会有人永远陪着你，但是永远会有人陪着你。生活可以粗糙，岁月可以不温柔，生活中一定要和与你同频的人在一起，和鼓励你前行的人在一起，和有趣的人在一起，和有正能量的人在一起，这样你就会慢慢活成一束阳光。世上唯一不能复制的就是时间，唯一不能重演的是人生。该怎么走，过什么样的人生，全凭自己的选择和努力。美好的一天从活成一束光开始！

退休就当个闲人

其实，一个退休的人，真的就像一朵闲云，既不承雨，又不为风所迫，游来荡去的，让心在漫漫散散中，淡定。

其实，一个退休的人，真的就像一只野鹤。这只野鹤，虽未居山林，也未能食花饮露，但每日随心所欲，自由来去，既没了被饲养的苦痛，也没了被驱赶的无奈，着实多了几分自由与自在。甚或情之所至，也可伸长脖子，鹤唳几声，其音长短，其声大小，无须顾及左右，那自得之状，亦如骚客文人，信步行吟，其喜洋洋者哉！

其实，一个退休的人，真的就是一个闲人了，无论别人怎样对待你，最该懂得的是自己。自己把自己当成了闲人，别人才会有了几分轻松，自己也少了许多尴尬。人生就是这样，不同阶段的自我定位，很重要。定位好了，好多事儿就顺理成章了。

比如读书。一个退休的人，最该读的书，是闲书。用闲心，读闲书，修身养性。轻描淡写的几句话，就足以让饱经沧桑的心悟得禅机。

比如唠嗑。一个退休的人，唠嗑，唠的也一定是闲嗑。太沉重的话题，已不再符合这把年纪。像嚼甘蔗一样唠过去，像数家珍一样唠朋友，像看云观潮一样唠时事。是非胸中有，曲直何须论。到了耳顺的年纪，不争不吵不辩了，让耳朵汲取更多的营养，去滋润心。

比如做事。一个退休的人，要做的事，不再为生计，更多的则是闲事。离开了椅子的捆绑，不再被动，不再无奈，不再身不由己，不再心不由己。没了职业责任，能量的挥发，凭的是那份自觉。抉择权全部回归了自我，自己成了自己全方位全天候的主人。此时要做能做的事，大都与心相关，连于心之最柔软处，如悲悯、慈爱、友善等等。既做得了，又有益于各方。当然，最受益的还是自己。凭闲时闲力，做了温暖人心的闲事，心里自然多了几分阳光与喜悦。能有闲时闲心闲力做闲事的人，这种富有，本身就是一种幸福！

人生能得几时闲。闲，既是一种生命状态，也是一种生存理念，更是一种人生境界。作为一个退休的人，真正要做个闲人，且闲得恰到好处，得心应手，游刃有余，妙入道法，也不是一件很容易的事。难在哪儿？难在心。心定方能神闲。圣人说了，万事成在心定，心定则静，静而后能安，安而后能虑，虑而后能得。人静方能入禅道，心定才得天地宽。心定了，一切的一切便有了定力，做闲人也有了根基。根牢了，枝叶便蓬勃伸张。

在物欲横流、心浮气躁的当下，心如果依然飘着浮着悬着，依然被功名利禄勾引着，依然被那些有形无形的欲望枷锁捆绑着，人便只能在世俗潮流的汹涌中，随波逐流，丢失自我。丢失自我生命中那份最可珍贵的从从容容和气定神闲，丢失代表生命的心灵。心丢了，人生便将苦海无边。

人生在世，不管哪个年纪的人，都要活得应时应季应节气，如同这一年四季，春种夏锄秋收冬藏。春夏秋都忙过了，到了该冬藏的时候，你再乱忙一通，既乱了节令，也乱了自己的人生。

一直以来，人最急切的期望和苦苦求索，便是轻松舒展与自由。都退休了，都这把年纪了，生命已无奈地吟咏着夕阳和晚晴。

退休了，闲下来了，自觉地做个闲人，用闲时闲力闲情，好好陪陪心。陪心读书，陪心聊天，陪心听音乐，陪心看山看水看斜阳，陪心一起牵着手，慢悠悠地，逛逛公园，晒晒太阳，陪心和各类好人一起，去享受温暖的阳光。

做个闲人，说到底，让历经沧桑、久已疲惫的心，在夕阳的辉映中，伴漫天晚霞，道法自然，尽享生命之无限愉悦与欢欣。

做个闲人，真好！

大考如同打大仗

　　高考是个点，人生是条线。人的一生如同工农红军的二万五千里长征，刚刚结束的高考只不过是打了一场大战役，往后还有无数的艰难险阻等着他们去闯，无数的大仗恶仗等着他们去打。做父母的，务必告诉孩子，比成绩更重要的是成长。高考成绩固然重要，它决定着接下来四年乃至更长的时间里，要去什么地方，会遇到什么样的人。

　　没有谁因考试赢得所有，也没有谁因考试输掉一切。所以对考试结束的人而言，分数已经不那么重要了。高考真正的意义，不在于考了多少分，而在于人生的这场历练。那些做过的习题、背过的单词，只是淬炼了人的精神；那些熬过的夜，流过的汗，都将成为人生中弥足珍贵的财富。生活中没有智慧的人经常拿别人的错误惩罚自己：痛恨别人时气坏自己，抱怨别人时折磨自己，嫉妒别人时消耗自己，如此不但害了自己的身体，更加伤害了自己的心灵。

别比物质富有，要比精神富足。内心富足的孩子，自信开朗有主见，有足够的心理能量和底气面对生活的风风雨雨。聪明的父母，总是积极乐观地看待事情，帮助孩子实现精神上的成长，给予孩子内心的富足和安定。想培养出一个内心富足的孩子，父母首先要把爱和阳光种进孩子心里。具有正能量的家庭，不仅能给身体充电，还能治愈心灵，让孩子身心愉悦。良好的家庭氛围，培养出阳光的孩子；经常赞美表扬，培养出自信的孩子；以身示范，培养出上进的孩子；高质量的陪伴，培养出幸福的孩子。你花多少精力在孩子身上，孩子就有多少幸福。

考场里考的是学生，考场外考的是父母。在儿女成长的路上缺席的父母，最终都将付出无法挽回的代价。有研究发现，那些从小缺少父母关爱的孩子，长大后生活将一片迷茫；而那些在父母陪伴下成长的孩子，成年后普遍拥有远大的理想和不凡的见识。在教育孩子方面千万别当"甩手掌柜"，孩子成长最关键的阶段只有短短几年，一旦错过，无法重来。孩子犯错时，不要光顾着责备，要教会他们认识问题的根本，不要总是翻旧账，更不要打击孩子的自信心。缺少陪伴和沟通的教育，给孩子造成的将是思想和精神上的匮乏。父母在孩子的生命中，就是那盏明亮的灯。

　　生活中，舍与得，本身就在天平的两端。小舍，有小得；大舍，有大得；有舍，必有得。放下，有收获；忘记，有快乐；苦尽，甘自来！不要羡慕他人得到了什么，要多去看人家播种了什么；不要在乎别人怎么看你，而是要看你怎么看自己！付出，才是正确选择；努力，才是应有态度！学会舍，才能更好地得；做到舍，才能轻松地活！有时候放弃不是懦弱，而是一种选择；有时候舍掉不是胆小，而是一种睿智。这一生，愿你舍下的都是不要的，愿你得到的都是最好的！

　　试卷小考场，人生大天地。一场考试代表不了一个人的未来，考试分数显现不出生活的深刻。永远不要忘记，为了高考废寝忘食的日子，为了梦想一往无前的足迹。高中三年努力的习惯，会贯穿人的一生，它教会你坚持，也教会你隐忍。这些精神会融进你的血液，伴随你人生的每一个阶段，让你沉淀出更好的自己。不要以为拿了大学文凭，有个硕士、博士学位就厉害了，这不算成功，真正的成功是做人。很多人都以为，所谓成功，不外乎事业上的辉煌，物质上的富有，学历上的优秀。但别忘了，比成功更重要的，是先成为一个品行优良、人格健全的人。

　　高考如同打了一场大仗，需要休整，休息身体，整理心情，总结经验教训，以利今后的人生之路。健康是人生最宝贵的第一财富，是无价的，是一个人正常生活和工作的基础。如果失去了健康，那么一切的外在条件都毫无意义。高考结束了，我们要坚持锻炼身体，健康玩乐。玩乐对于生命的任何阶段都是极其重要的，这种玩乐并非简单的玩耍，而是正确地追逐梦想，正确地帮助释放压力，保持乐观的心态，更好地面对生活。追逐梦想可以满足我们的成就感，让我们不断进步，永葆青春活力。人生的路有多长，只有健康身体能丈量！

温柔之力大无比

一位朋友写了一篇有关柔的文章，我看了几遍，颇有诸多启发，旁生出些思考来。

接纳，是生命最好的温柔。温柔地对待别人，温柔地对待自己；温柔地伸手与过去告别，温柔地与当下握手言和，温柔地张开怀抱拥抱未来。我们的生命需要这样的一种温柔，一种力量。当一个人有了力量后自然会情绪稳定。当我们懂得接纳别人时，其实也是在欣赏和尊重别人，不再用自己的标准去衡量别人的言谈举止，也不再用自己的价值观去评判别人的是非对错。

柔似水，水滴石穿；柔似绳，绳拉木断；柔似情，情真心颤。家不是情绪的发泄场，而是心灵的避风港。一个家庭幸福不幸福，从你进门的那一刻就能看出来。把烦恼抛在门外，把温柔留给家人，生活自然会还你幸福与和谐。人们常说：对亲近的人挑剔是本能。但克服本能，做到对亲近的人不挑剔是本事。家是爱和温暖的安乐窝，不是压力与情绪的宣泄场。真正有涵养的人，会把压力与情绪消化在家门之外。家是存放幸福与欢乐的净土，是最幸福的归处。一个成熟的人，应该懂得寻求方法释放内心的负面情绪，而不是把一腔怨气发泄到家人身上。进门前，把疲惫卸下，抖擞精神，把最好的一面，呈现给最亲的人。

生命的智慧在于柔。人和草木都一样，有生命的时候，身体都是柔软的，待到生命结束了，身体就会慢慢变僵硬了。柔不仅是生命的特征，更是一种强大的力量。柔不代表软弱，软弱是没有力量的，在生活中常常成为弱势的一方。温柔是善良的表现，也是人性的选择。多读书、按时睡、少食多餐，然后变得温柔、大度，继续善良，保持爱心，宁愿一个人静静面对，自己把道理想通，就会变得更通透豁达，也就不在无关人面前矫情，诉说以求宽慰。人世间，所有不动声色的善良，就是找一个知音常听倾诉，给你力量。这就是温柔的习惯！

真正的柔，有弹性，即使被他人击倒，也可以马上站起来，就像不倒翁一样；真正的柔，很强硬，能够穿透最坚硬的东西，如水那般，滴水能穿石；真正的柔，刻在骨子里，如美人一般，从来在骨不在皮。读懂"柔"的智慧，做一个懂生活的人。硬，让人屈服；柔，却令人臣服。柔，往往能四两拨千斤，看似绵软无力，实有万钧之力。

做事太过强硬，既不能达成目标，很多时候还伤人伤己。对自己和他人都坦诚相待，对生活保持热爱，不要太追求完美，对自己多点儿理解和宽容，就更容易肯定自己的价值。请永远相信，生活会善待每一个忠厚善良的人。只需换个方式，借用柔的力量，相互之间能和睦许多，顺心许多，以小力胜大力，利人利己，皆大欢喜。

柔，是外在的变通，内在的不变。人，必须有些韧性，面对压力和挫折时，方才懂得变通。《孙子兵法》中说，水没有固定的形状，无形就没有破绽，就能立于不败之地。水能够根据外在变化来改变自己，时而深，时而浅，时而快，时而慢，时而清，时而浊。柔中有韧，就是能伸能屈。当现实发生变化时，立马改变自己的行动，不固执鄙陋，不一条道走到黑，用智圣东方朔的话说叫"与物变化"。

人生在世，失败和挫折总是难免的，有些人看似坚强，实际上缺少了必要的柔韧，一旦受到打击，倒下之后就再难爬起来。大风来的时候，坚硬的树干会被刮断，软弱的花瓣会被吹落，而柔韧的小草总是能幸免。缓解燥热的，是每一个微笑的弧度；抚平焦躁的，是每一句安慰的温度。

韧是"柔"的最重要的一个内涵。韧性是一个人内在的坚持，或是处世原则，或是道德品格，或是远大理想，在受到外在强烈冲击的时候，虽然被迫改变行动，但是目标依然坚定，初心未改。

柔，是外在的变通，内在的不变。柔，是接纳世间百态后的包容。柔不是一种妥协，而是一种包容，以和为贵，宽厚待人，心中有悲悯，眼里有温暖。和，是处世的和，也是心中的和。

在一辆公交车上，因为是上班高峰期，车内挤满了人，一名中年男子不小心踩到了另一个男子的脚，没等那个被踩的人说话，他就说："真是抱歉，一不小心踩到了你的脚。"另一个笑了笑，说："没事儿，这公交车这么拥挤，踩到脚也是在所难免的事儿嘛。"两人都淡淡地对视一笑。一大早赶着公交车去上班，在人挤人的车厢里，谁都不好受，出现争吵只会让情况更糟。柔和一点，多一份包容，对方不是故意踩到你的脚的，多理解一下对方，事情就开阔很多。

很多时候，朋友之间的误会，与父母之间的争吵，都是因为缺少了柔性包容。如果多一份包容，与父母之间就多一份理解，朋友之间就多一份谦让。柔，就是要为人随和，才能够避免更多的矛盾产生，呈现出一片祥和的景象。心怀包容之心，内存温和之气，懂得待人宽厚温和，才是最高的智慧。一个柔和的人，总会以一种最大的善意来对待他人，而他人也会以温暖相报。

生活不温柔，但一定会有人温柔你的生活。温柔的人，大多都是亲身经历了许许多多的痛苦后，决定不再让其他人遭受自己的这般痛苦。这份血淋淋的"体贴"，人们称它为"温柔"。一个温柔的人，总能抚慰他人，令岁月生香。柔，是一种生活状态，是对美好事物的一种追求。做一个假装强势的人，是空架势；做一个善于温柔的人，是真自由。愿你不舍温柔，永怀赤诚之心，历经岁月，依旧春风满面。

季节轮回是生命

秋，是生命的轮回，于一季一季的花开，邂逅一份一份的芬芳；秋，是生命的感恩，于一起一落的人生，际遇一程一程的温暖。秋声起，蝉鸣稀，等风起，也等雨落。人要有自己的主见和想法，不要活在别人的经验里。各有各的人生，走出自己的步伐，才能活出自己的精彩。历史是最好的教科书，也是最好的清醒剂。

秋天是劳作后的收获。没有比双脚更高的山峰，没有比胸怀更宽阔的海洋。眼界决定境界，格局决定结局。一个人的眼界与格局，决定了自己所处的层次。丰富自己比迎合世俗更有意义，提升自我比取悦他人更加正确。"你若盛开，蝴蝶自来，你若精彩，天自安排。"拓宽自己的眼界，放大胸中的格局。但行好事，不问前程。相信瓜熟蒂落，水到渠成，一切都将自然地到来，一切都是最好的安排。

成年人的世界，是哭到累了倦了，入睡前也还要给自己设个闹钟。这个世界，每个人都有自己的难，自己的苦，能度你的只有你自己。只要你有顽强的斗志，即便是弱者也可以变强。为了谋生不得不委屈自己的，大有人在。人生从来就不是马拉松，而是一场接力赛。向上走的愿望，远不只是一代人的向往。即便在这一代未能如愿，但至少可以通过自己的努力完成一次小范围的阶级跃迁。努力，或许很难大幅度地改变一代人的命运，但努力下去，你和你的下一代，绝对会有不一样的机会。

秋天好比成人的底色。正如一句话所说，我们成年人能夜读，是在丰富自己，我们平日里再忙，也别忘了坚持输入精神食粮。不管是读书写字、欣赏艺术，还是培养兴趣爱好，只要能让思想得到浸润和提高，生活的底色自然会随之生动起来。

越优秀的人，越懂得丰富头脑的重要性。我们自己的人生是迭代的产物，今天取得了什么样的成绩没那么重要，重要的是在未来我们会用什么样的方式持续更新自己。人生的学历代表过去，学习知识才代表未来，只要坚持学习，每个人都能在自己的人生赛道上越跑越好。

被误解时，笑一笑，没什么大不了；受委屈时，笑一笑，转身流泪亦无妨；无奈时，笑一笑，所有的抱怨随风而逝。一笑了之！人生除了生死，其他的，都只是擦伤。生活不可能一帆风顺，但微笑能治愈生活的苦。心理学家曾经做过一个实验：要求实验者把未来七天内所有忧虑的"烦恼"都写下来，然后投进"烦恼箱"中，一段时间后，让实验者打开箱子一一核对，结果其中九成的"烦恼"都未真正发生。人目光放长远点没有错，居安思危也没有错，但别让"想太多"影响当下，未来的日子没有你想的那么糟。人生最曼妙的风景，是内心的淡定与从容。

季节轮回是规律，不可抗拒。当你明白规矩第一、人情第二时，你已经敲开了人与人之间最难的一扇门。当你明白他人第一、个人第二时，你已从小我走向了大我。当你清楚诚信第一、聪明第二时，你会明白小聪明只是一时，而信任才是一世。当你懂得实力第一、人脉第二时，你会明白只有自己做到了，才会有人真的尊重你。当你学会忠诚比能力更重要时，你才是一个既懂得感恩又能担当大事的人。

别低估任何人，收敛自己的脾气，懂得要保持沉默，因为冲动让自己会做下无法挽回的事情。你没那么多观众，别那么累。做一个简单的人，踏实而务实。不沉溺幻想更不庸人自扰，温和待人，不随意发脾气。保持头脑清醒，明白自己的渺小，切忌自我陶醉。

人生如季节，充满着期待。梦想连接着未来，路是自己选的，后悔的话，也只能往自己的肚子里咽。心存真诚，平安就会跟随你；心存善念，阳光就会照耀你；心存美丽，温暖就会围绕你；心存大爱，崇高就会追随你；心存他人，真情就会回报你；心存感恩，贵人就会青睐你。人生没有那么多的公平可言，偏转一下你的航向，逆风就会成为顺风，刻苦努力，坚持不懈，最终耀眼的太阳就会跑到大家的身后。我们生活的起点并不是那么重要，重要的是最后抵达了哪里，人终会渐行渐远，前行的始终是自己。

天地一瞬似惊鸿，恨此生有涯，而知无涯。我们于每天的庸碌中日复一日，却很少静心对性灵加以宽慰，此非吾愿。唯求片刻闲适，人的性灵才得以沉淀并加以涵养。一本好书如清泉出尘，涤静万虑，愿君漱洗性灵，得一池清心澄澈。

春华秋实，丰收在望。指缝太宽，时光太瘦，未觉三夏尽，时序已新秋。一个转身，夏天就成了故事；一次回眸，秋天便成了风景。秋天，携一身诗情画意来了。

生命本就是一个状态，状态对了，人生就会向好的方向改变。想要人生变得更好，我们就要掌控好自己的人生状态，走出消极状态的束缚。时时审视自己，及时修正，积极改变，人生才能不断升级，从容前行。往后的日子里，愿我们都能掌控好自己的状态，经营出向好的人生。事业是由梦想激发的，成功是由苦难熬成的，格局是由气量撑大的，人生是由经历铸就的。大格局才有大胸怀，大气者方可成大器。爱拼，才会赢。

春夏秋冬，相互尊重，相安和济，人与人也该如同四季。我以为别人尊重我，是因为我很优秀，后来我明白了，别人尊重我，是因为别人很优秀。优秀的人更懂得尊重别人，稳住能力，有事扛得住；稳住情绪，遇事不冲动；稳住心态，保持平常心。用行动开启美好，用智慧点亮人生，用信心激励自我，用勇气点燃激情，用执着守候成功，用努力打造精彩，用奋斗创造辉煌，用拼搏开拓未来。

曾经年少爱轻狂，怎奈岁月多蹉跎。我们未必能给儿女留下丰厚的财产，但一定要给孩子留下安身立命的信念。让他们能适应，能自保，走正路，这才是最好的传家财富。若今古稀梦犹在，回首过往皆似歌。

敢于破局思路阔

朋友再亲密，不可失了分寸。友情再深厚，也经不起透支，总得保有几分距离。人与人之间的关系，也像森林里的树木一样，保持适当的空间，才能兼容并蓄而相安成材。再亲近的人，也得亲密有间，才能相互依靠而成就彼此。朋友之间，互帮互助是人之常情，但再好的关系也经不住随意透支、恣意挥霍。毕竟，聪明与愚蠢往往只在先知与后觉之别，一旦你肆意透支友情，事后别人也都清楚，总有一天会失望甚至绝交。耍小聪明，只会获利一时。说到底，人与人相处，没有谁比谁聪明，只有不辜负别人，关系才会稳定，感情才能得到维系。

人与人之间的信任，需要经年累月来建立和维护，而毁掉一个人的信用，往往只是一朝一夕，甚或一念之间。真正靠谱的人，总是把信誉放在第一位，既让人心安，更让人心服。做人之道，就是一诺千金，言出必行，行必有果。信用是千金难买的社交名片，信誉更是不可多得的"护身灵符"。唯有如此，一个人才能把人生之路走远、走宽、走顺畅。

常言道，"人与人相处，全靠一颗心"。人行于世，难免会有旦夕祸福，但这往往有其必然的因果关联，并不全是平白无故而来。一个人懂得自律，取舍有道，收支有度，不透支自己，亦不透支别人，才有绵延不竭的福报。切记：今天的透支，今后都会付出昂贵的代价。忘恩负义者，不会有好下场；饮水思源者，必然赢得人家的真心。自律，来源于自觉，而不在于他觉。关系亲密，不是肆意妄为的理由，更没有恣意宣泄的特权。暖一颗心，需要很长时间；凉一颗心，也许只需一瞬间。

人行于世，说难很难，说易也易。关键在于诚实守信，守住做人的底线，别忘了雪中送炭的恩情，别失了价值连城的信用，别伤了弥足珍贵的人心。只有放低位置，才能聚水成河，从而细水长流；只有放低身段，才能聚沙成塔，仰之弥高。自古以来，真正厉害的人，从不张扬，从不显摆，默默蓄能，静待发光，不仅谦逊有余，而且不动声色。低调做事是一种能力，有胆识，有魄力，越是大事越能胸藏万壑，气定神闲；低调示人是一种智慧，有涵养，有气度，哪怕小事也能大智若愚，静观其变。无数事实表明，气度越大，抱怨越少；胸襟越宽，前路越广；格局越大，心气越顺。这是为人处世的大学问。越没本事的人，越爱发脾气。当你腹中能撑船时，遇到的所有人，都是你的摆渡人。没有人可以屏蔽外界的声音，也无法避免世间的伤害。只有吞得下委屈，才能拥有大格局。

梦想靠积淀，容不得半点浮躁。从容不迫者，梦想必达；心浮气躁者，一事无成。学习，没有一夜成名的星斗，只有挑灯夜读的星光；工作，没有一蹴而就的成就，只有日复一日的练就；生活，没有摇身一变的奇迹，只有舍生取义的足迹。如果你还没有足够出众，还没有足够成功，只有静下心来，沉淀自己，用岁月积攒实力，用付出创造神奇。在时间中打磨，在工作中砥砺，练就一颗聪慧的头脑，提高自己的认知能力，才能见微知著，高屋建瓴。与其抱怨、郁闷、纠结，不如从现在开始积攒实力，积累经验，从而走出欲望的迷茫，活出自己想要的人生。

本心光明，修必达之。欲成事者，先修身，再修性，终修心。除此之外，别无他途。所有难走的路，都有前进的终点；所有易行的路，都是退步的开始。所处位置不同，看到的世界也截然不同。换个角度看问题，更易理解他人的选择和决定。许多事情，多了一分了然，心态也就释然。换个位置看问题，你会收获更广阔的视角，从而做出更理性、更科学的决断。懂得知足，是对现在最好的交代；学会放下，是对过去最好的承受。人这一生，就是"吃一堑，长一智"的经历，不断优化提升，不断修炼成长。

上述种种，无非是说现实生活中，谁都会遇到这样那样的困局。譬如，有人想求名，偏又爱惜身上的羽毛；有人想发财，偏又痛惜囊中的本钱；还有人想出世，偏又怜惜入世的那点芳华。凡此种种，都是因为想得多，做得少，最终欲罢不能，难以破局。不承想，人一旦破局，思维的闸门就会被彻底打开。若是应时而进，顺势而为，面对困局就能举重若轻，游刃有余。正如一位智者所言，大凡高手，并不见得能力比你强，智商比你高，而是定力比你好，行动比你快。归根到底就是，能破多大局，就有多大的造化。

人，就是一个破与立的矛盾体。人生，就是一个不断破局、不断立局的过程。心态有宽度，凡事放宽心，常能绝处逢生，柳暗花明。想挣钱，先把事做好，钱自来；想做事，先把人做好，事自成。成事在命，顺时承运，自有好命。命中有总归有，命里无莫强求。心中守住一个道，一个正道，自然能走出自我，见到一方晴空。

"舌根"亦能看清人

日前翻书，偶得新句：舌头打个滚，一言定乾坤。意思是，不经意的一句话，往往可以决定事情的走向甚或结局。我小时候常听老人说，"有用无用，全凭一张嘴；是福是祸，也在一张嘴"，觉得颇有异曲同工之妙。

有人说，花开无期，花落有雨，不必太过委屈自己。是的，每个人的心底都有一个自己。当说的话，说在当时，说在明处，更能见其本心和本性。况且，有些话不说出来，有谁会懂？又有谁在乎？更别奢谈谁会领情和感动。

但是，也有古谚说：良言一句三冬暖，恶语伤人六月寒。这话告诫人们，祸从口出，任何时候、任何情况下切不可多嘴多舌。管住嘴巴，咽得下可说可不说的话，才可稳住时抑时扬的场面；控住舌头，忍得住可生可不生的气，才可避免或大或小的祸殃。守住内心，知止而后定，必要时把话烂在肚子里，才能走好人生的无常历程。

年少时，若是沉默不语，肯定有人说这孩子有些呆傻；若是活泼好动，又有人说这孩子将来可能会游手好闲。壮年时，若是逢人一脸笑，别人会说"笑面虎"，不好惹；若是见人躲着走，又有人说"白眼狼"，不可亲。及至老了方明白：所谓人生，归根到底，就是"一瞬间、一瞬间持续的积累"，何苦在意别人说什么，更别轻易分辩什么！

哪个人前不说人，哪个背后无人说。职场上，你爱拖地打开水，有人说你"心眼多"；你爱出力当参谋，有人说你"会显摆"。遇有同事急难时，你若出手，有人说是"老好人"；遇见同事闹别扭，你若劝和，有人说是"和稀泥"。遇到激动人心处，你眼含热泪，有人说是"装样子"。话多了，说你热衷表现爱"出风头"；不说话又说你玩城府"藏得深"。同事之间，赞美多了说是"高情商"，不赞美又说是"智商低"。直到有一天，有人嘴巴说累了，舌头还会打个滚，这个人真是"会做人"。

"会做人"三个字，本无褒贬。可在当下，却有了约定俗成的含义，似乎是见不得人的形容词，以至于有人特别害怕别人说他会做人，反倒是被人说成"不会做人"时却能生出几分自得。好像会做人并不体面，不会做人才是响亮堂皇的人生准则。细究起来，这种说法至少有它不太科学的一面。若说"会做人"是指圆滑乖巧凡事不得罪人，这未免对"人"的本身存有太多偏见。若是以"酸葡萄"的心态说"咱可不如人家会做人"，未免有那么点自我欣赏之嫌疑，更何况用"不会做人"来褒扬自己的品德本身就是对别人的大不敬。

"会做人"，当然很累，不仅身累，还心累。当你真正获得如此做人的境界时，累也值当。因为，若说学会做人太累，那么生为人身偏有意不去做人不是更累吗？世界上最好的东西是舌头，最坏的东西也是舌头。舌头的功能早有定论，可这些区区小"累"又何足挂齿呢。所以，不管这世上存在多少拴不住的舌头，不管做人有着怎样的累与痛，学会做人将永远是一个美好的愿望。

世界上最好的东西是人，最坏的东西也是人。大多数情况，是因为人有一个搅动天地的"舌根"。当我们把思绪和注意力从以"会做人"与"不会做人"来区分人之优劣、从舌头是好是坏的不休争论中超脱出来后，人类一定会更加健康地成长，我们的舌头和我们的心一定会因此充盈更多有价值的事情而生机盎然。

人上一百，形形色色，大都想改变这个世界，没有多少人想改变自己。总有一些人，你跟他讲现在，他跟你聊过去和未来；你跟他说实力，他跟你聊时势和运程。更有一些人总想着去改变别人，可到最后，不是被别人所改变，就是自己忘记了自己。

只有改变自己，人生才会越来越顺。我们总是站在自己的角度，去要求别人，却不知真正的高手，是艰难地改变自己。当你站在山脚下看世界时，只能看到眼前的山石树影；当你站在半山腰看世界时，发现挡在眼前的树木，已成为脚下的风光；当你站在高山之巅，极目远眺时，所有的风景尽收眼底，再没有什么可以阻挡你的视线。

永远不要跟小人讨论什么，因为最终的结果都是在消耗自己。不动声色，是于心底的坦然；敢于接受，是于自己的成长。古训有言："耳不闻人之非，目不视人之短，口不言人之过。"现实生活中，总有一些人听到一点"风吹草动"，就迫不及待地广为散布，在不清楚事情的全貌时，一张嘴就毁了他人的前程。不妄评，是人性中难能可贵的善良。

别让舌头乱打滚，天下是非才分明！静坐常思己过，闲谈莫论人非。请从现在开始，试着改变自己，完善自己。若此，甚好。

会学会问长学问

时下的人爱创新，尤爱造词，以至于线上线下新词频出，雅俗皆有。最近，又接触到一个新词，叫"功能性文盲"。细嚼之，颇为有趣，颇有说道。

何谓"功能性文盲"？简单说来，就是一个人活到一定年龄、一定阶段、一定层次，很难坚持再学习，很难接受新东西。因而，习惯于抵触和抗拒新旧交替的本能反应，似乎他所接受的一切，都是为了印证自己有限的认知。但是，在这世上，一切事物都会朝着推陈出新的方向发展，时代不会因为任何大多数人而停滞不前，相反却会继续汹涌澎湃，一往无前，势不可当。

时代的变化，远比我们想象的要快得多。人活着，要想活出质量，思想观念、思维方式必须跟上时代的步伐，尽量为社会做些有益的事情，为后代留些美好的记忆，从而体现自身存在的价值。如果安于现状，一味否定新事物，只会变得鼠目寸光，最终被不断迭代的世界所抛弃。偏见，往往来自认知层面，而拒绝新生事物冲击已有的认知体系，往往是最致命的。贸然给别人贴标签，注定看不见真实的对方。久之，放不下所谓的体面，执着于预设的立场，只会故步自封，从而错过学问未来的可能性。

学问，由"学"和"问"两个字并列组成。它是评价一个人知识、能力、素质等诸多方面的通称，包含着丰富的求学增识方法。"学"和"问"既是统一体，又是侧重不同的两个面。学问如同一口井，掘得越深，才能喷得越高、越多、越久。只有不断地码高书本层，拓展知识面，才能重塑提高自己的能力，才能更新提升自己的学问。

人是会学习的动物，人们获取的所有知识大都来自学习。理学大家朱熹认为："学、问、思、辨，所以择善而为知，学而知也。"诸葛亮说："才须学也，非学无以广才。"人与人之间的差距，不在于先天智力的差异，而在于后天学习的差别。只有学习，才有学养。学养不深，学问无从谈起。学习的方法有很多，关键的是两种。一种是经典，从书本上学习。无论哪方面的知识，都要用文字记录下来，才能播撒和传承，一代一代地让更多的人接触收纳而变为经史。另一种是实践，从苦难中来。苦难也是一门大学问。人生经历的苦难越多，挫折越多，生命就越有滋味。这就像"茶叶蛋"一样，煮的过程中蛋壳破得越多，才越有味道。所以，苦难不仅能助人成长，还能丰富生活的味道。

学问，学问，"学"离不开"问"。求知仅靠读书学习是不够的，关键要勤于思考，辨析所学知识的益处何在，有何缺陷，这就需要多问。正是通过"问"，人们才得以提升对所学知识的辨识能力、反思能力和拓展能力，进而获得丰富的知识，长足的进步。从这个意义上说，"问"实际是学习的重要组成部分，是获得知识的重要途径和技巧。

学必思，思必问。独立思考，审慎追问。所谓"问"，就是正视自己一无所知、反思自己一知半解之处，向知者、向能人、向高人提问。当然，归根到底是要问自己，带着问题去读书、去请教、去实践，从而明白所接受的信息或知识，究竟是什么意思，应怎么理解？与书本、与智者、与实践有无不同，为何会是这样的？只有带着问题去学，在思考中领悟知识，才能真正将知识深化于心，真正进入知识的海洋。所以，圣人说，格物致知，悟道觉理。

学富五车固然是好，但更应有独立思考的能力，有独立的见解。问自己，问他人，知而好问，然后才能释疑解惑。如果不带着问题思考，即便博览群书，遍访名师，我们所看到的也只能是一闪而过，不会在大脑中形成印记，不能转化为自己的见解，最终变成人云亦云，难以获得真知灼见。学的过程中产生疑问，表明我们已然在思考，便会想方设法解决它，几经摸索，得到一个答案，就会有成就感，也会激励我们再学、再思，再扩展、再升华。

尺有所短，寸有所长。三人行，必有我师。处处聆听，才能听到独到的见解。只有善问他人，才能博采众长，扩展提高自己的学问。向他人学习，最重要的就是不耻下问。孔子曾经向七岁的小孩请教，成为好学之典范。

不耻下问是一种美德。反之，则刚愎自用，无知自负。人生需要高度，与高人为伍，就是在提升自己的高度。常与高人来往，你会不同凡响。多和高人来往，你的视野也会随之开阔。有高人相助，对于提升自己，有事半功倍的效果。善于和能人共事，超越自我。常言道："听君一席话，胜读十年书。"与能人共事，不只是人生认知的升华，更是一种生命价值的享受。和谁在一起真的很重要，能人就像一面镜子，让人从中照见自己的人生。和聪明的人在一起，你不会笨拙；和勇敢的人在一起，你不会软弱；和乐观的人在一起，你不会悲伤。与高人来往，你必将成为高人；与能人共事，你必定成为能人。

放下偏见，满眼学问。很多时候，阻碍我们脚步的，不是窘迫的处境，而是闭塞的心境。面对任何事物，唯有心态开放，才能触及灵魂，发现隐藏着的机会。学会用不同角度看待世界，接纳世间百态，终将成就你丰富的人生。

真爱如今最稀缺

这世上，有没有真正的爱情？我总想探个究竟，弄个明白，但想来想去，还是很迷糊，很不解。有时想过之后，还会大吃一惊，心烦意乱。有一个非常有意思的现象，无论茶余还是酒后，爱情这个话题次次绕不开，最终的结语却惊人地相似：真爱就像鬼魂，人人都在谈论，但很少有人见到，到底是啥样，谁都说不清、道不明。

杰克·伦敦曾写道："爱情待在高山之巅，在理智的谷地之上。爱情是生活的升华，人生的绝顶，它难得出现。"不信你去听听大街小巷的音乐，几乎都是跟爱情相关的。流行歌曲、娱乐节目、电视电影、文学作品都在演绎爱情，但你再想想身边的朋友，真正拥有真爱的能有几人？世上本无爱情，只有相互吸引的物质和精神，包括身体、才华、气质和爱好。人本来就是具有情感的动物，所以异性同情则相吸，异情则相斥。加了这么一个"情"字，就异化了本质的内容。

这是为什么呢？因为爱情才是这个世界上最稀缺的东西，也是维度最高的东西，但是正是因为它太稀缺、维度太高，以至于人人都在憧憬，都想得到，却极少有人能真正靠拢它、拥有它。物以稀为贵，如果人人都能得到，那就太过平凡，不足以为贵了。稀有的东西最具诱惑力，所以人们总是在幻想这种可望而不可即的东西。

那么，真实的爱情究竟是什么样的呢？其实，爱情大多只是一个"幌子"，其结果，互相商量、互相敬爱的少有，而互相索取、互相伤害的却常有。无人敢说自己拥有真正的爱情，只能是接近或相似而已。

绝大多数人口中的所谓"爱情"，都是内心深处的一种渴望和索求。因为人性的匮乏、残缺，更因为人为的不圆满、不成熟，所以总是期待能够遇到一个人来弥补自己的期望和缺失。当遇到符合自己心思、情感口味的对象时，就想通过自己的付出感动对方，来满足自己的欲念。

当下，很多人的内心严重缺乏安全感、存在感、幸福感，所以严重依赖外界和别人带给自己的这些感觉。当遇到了自己可以依赖的那个人时，便认为自己的幸福有归属了，这就是典型的外求，也是一条不归路。难以否认，真正的爱情只发生在两个独立而又完整的个人之间。什么叫独立又完整？也就是说实现了三个独立的人：财富独立，人格独立，精神独立。只有拥有以上三点的人，才能真正拥有爱情。这也是一个很高的门槛，已经足以把绝大多数人排除在外。

一个人，只有走向成熟、饱满、本自具足，才能做到爱自己、爱对方。爱满则溢，然后才能真正地对别人好，因为内心不再匮乏，所以他们跟任何人在一起，都没有索取的倾向，反而会给予别人爱。如果一个人内心是残缺的、匮乏的、有褶皱的，怎么可能去爱别人？他们口口声声说"爱你"，只是为了弥补内心缺失的存在感而已。尽管这些人愿意付出，但他们每付出一分都想要十倍的回报。你的回报稍微迟缓一点，对方马上就觉得委屈甚至愤怒，说你不懂感恩，骂你不识抬举。

很多人刚开始的时候，口口声声说爱你，但是到了一定时候，往往会要求你做这做那，或者明令禁止你不能去做什么，生怕你不受他的约束控制，这就是内心匮乏的具体表现，既自私又缺乏自信。世界上所有好的关系，只发生在成熟的个体之间，爱情、友情、亲情都是如此。真正爱一个人，就是眼睁睁地看着对方变好就够了。这种爱是不会要求有回报的，而且对对方没有任何期待和要求。当你不再以占有、独占、霸占对方为目的，而是只想让对方过得更好的时候，才是真正的爱对方。所谓"我爱你，跟你无关"，指的就是这种境界。然而，这样的爱情在当今世界到哪里去找呢？恐怕只能在书本里、舞台上、睡梦中看到、听到和见到。真正的爱情能够鼓舞人，帮助对方提高，同时也提高自己。

暮色苍茫比劲松

心若年轻，青春不老。岁月叠加着昨天，年华纵横着容颜。往近看，总觉得是残年的风烛；往远看，又何尝不是年轻的风貌？

小时候，谁都盼望长大，长大后又渴望年轻。老了，还梦想着拥有少女般的柔思和小伙般的狂想。难啦，妄想！一生中没有最好的年龄，只有最好的心态。若能忘记年龄，自己的心就永远年轻。青春并不是指生命的某个时期，而是指一种精神状态，正如有首歌的歌词所唱，"我还是从前那个少年，没有一丝丝改变"。

年龄只是爬上眉角的痕迹，并不代表现在的真正状态。不在意自己的年龄，才能保持一颗不老的心。旧游无处不堪寻，无寻处，可以保持少年的心。过去的人生轨迹，虽然不能重复，但天真烂漫的活泼之心可以重现。岁月不老，我亦不老。尽管衰老是自然规律，不可抗拒，也无人能抗拒，但年轻的心态仍可以勃发洋溢。忘记年龄的人，不会因身体的衰老而荒废自己的人生，不会因为身材走形而舍弃自己对美的追求。

年龄虽长，身体已衰，但我们的思想和心灵依然可以年轻，余生仍然可以过得热气腾腾。当青春成为过去时，人渐渐在时光流淌中变得释然，沉淀自己，仍能发现：岁月是一朵玫瑰，有香，有刺，择善而从，依然可以豁然开朗。

曾经有过那么多的惆怅令人断肠，我不知道我的追求在何方，问风问雨问大地，却没有半点回响。余生我要飞翔，那么有没有人为我鼓掌？青春不止秀美的发辫和花色的衣裙，在青春的世界里，沙砾要变成珍珠，石头要变成黄金。青春的魅力在于永恒，应当叫枯枝长出鲜果，沙漠布满森林，大胆地想象，不倦地思索，一往无前地行进，这才是青春的美丽、欢乐和本分。要学会自我感觉，自我开导。人生之路是一天比一天成熟，而不是一天比一天见老。老在外表，老在别人眼里，而自己心里总能轻轻吟唱。

高峰与低谷交错，快乐与艰辛并存。生活中，谁都会遇到或多或少、或大或小的低谷，工作不被认可，付出没有回报，生活陷入窘境。无论处于何时何地，没有人可以代替你的经历。那些生活的苦、命运的难，都要靠自己去化解。孤独是人生常态，是每个人必经的考验，也是最好的增值期。适应孤独的过程，就是灵魂生根发芽的开始。那些独自走过的日夜，会化作力量融入你的骨髓。每一个看起来熬不过的困境，都暗藏生活的转机。你对低谷期的态度，决定了你的人生高度。挫折熬过去了，就是你的成人礼。

鲜花按季开，盛年不重来。青春几何，岁月蹉跎。年轻也就是那么一段锦瑟年华，青春也会被光阴掩埋，或者被时光遗忘。但一个人活得自在，与年龄无关。只要心理年轻，心中有梦，一生都会闪烁着青春的光彩。成熟于暮年，心中就有鲜亮的青春。努力过、拼搏过、沉思过，哪怕是哭过、笑过，就没有遗憾，就能成就圆满。如果觉得自己有些老了，那么不妨用热情奔放的回光去装扮自己。其实人生的绚丽多彩，生命的输赢价值，在于懂得和放下。老与少，得与失，成与败，聚与散，都是一种生活体验。

心态决定状态。心稳定，坎坷也可以唱成壮歌，失意也可以写成诗意，平淡也可以写成洒脱。可以在痛苦中微笑，在烦恼中舞蹈，在薄情中仁慈，在失败中坚强。天塌下来有大个，想开了，自然微笑；看透了，肯定放下；放下了，就年轻了。若此，就有千百种理由去欢喜，就有千百种借口去潇洒，就有美好的眼光看世界，就有年轻的心态度时光。

第五辑

拈花一笑去心愁

博大胸怀写沧桑

朋是共秋叶，友是同馅饼。圈似明月圆，情如静流深。"月有阴晴圆缺。"人也是如此，人的容貌、个性、气质、才华，难有相对稳定的时刻，一天和一天各不一样。我们既要欣赏、赞美圆润的光景，也要容忍、接纳不完美的时刻。到了中秋，意味着到了年轮的下半季，自然界的生命成熟了，也如同人生的后半辈子，老成了岁月，沧桑了经历，大度了眼界。

大度能容天下难容之人。一个人要有容人之量，即"度量"，也就是气量。大人有大量，如果没有容人之量，那就不会成就大事。包容可以超越一切，因为包容包含着人的心灵，因为包容需要一颗博大的心。而缺乏包容，将使个性堕落。包容，使友谊变得亲近；包容，使亲情变得深厚；包容，使社会变得和谐美丽。拥有包容之心，就拥有了无限的魅力。中国一直以和谐为美，而真正的和谐是什么？就是包容不同声音、不同观点，其实这就是君子之道。包容别人带来的愉悦本身是至高无上的，也使我们认识到没有包容之心的人是有缺陷的、不完美的。具有包容心之人，自带和谐自然之美。

很多人都觉得优秀是因为有天赋。其实，天赋异禀的人很少，真正让他们出类拔萃的是全心投入和用心付出。拥有得天独厚的优势固然重要，但更多时候，优秀靠的是日复一日的持续努力。人与人之间，不外乎一个"缘"字；爱与爱之间，不外乎一个"真"字；情与情之间，不外乎一个"心"字。

人生不是总如意，生活不是都称心，事业不是总一帆风顺。前行总会遇沟坎，情缘总会有苦甜。不要求别人，不苛求自己。路不通时，学会拐弯；想不开时，学会忘记；事难做时，学会放下；缘渐远时，选择随意。努力做一个善良的人，做一个心态阳光的人，做一个积极向上的人，用正能量激发自己，也感染身边的人。

每天一样的太阳，不一样的风景；每天相同的时间，不一样的内容。让人生充盈，生命厚度倍增，这就是丰富多彩的人生。用最美的心情迎接每天的朝阳。你阳光，世界也会因你而更加美丽。一个真诚的人，走到哪里都会有人喜欢，因为真诚的人说话认真，做事用心，为人诚恳。拥有一颗善良的心的人，和谁相伴都能长远，因为他们懂体谅，懂包容，懂尊重。人这一生，好名声，是用有情有义赚来的；好感情，是用真心实意换来的；好人品，是用一辈子的言行打造的！

常言说，十五月亮十六圆，过了十六月渐亏。光阴似箭时如梭，一寸光阴一寸金，寸金难买寸光阴。对军队来说，时间就是胜利；对科学家来说，时间就是成果；对艺术家来说，时间就是作品；对医生来说，时间就是生命；对企业家来说，时间就是金钱；对平庸者来说，时间就是流水。我很欣赏保尔·柯察金的那句话："人的一生应该这样度过：当他回首往事的时候，不会因为虚度年华而悔恨，也不会因为碌碌无为而羞愧。"

活出自我最精彩

有人说，人生在世，无非是时常笑笑人家，又时常被人家笑笑。这话听起来像是胡诌调侃，但仔细想想，既不失幽默，还富含哲理。毕竟"哪个人前不说人，哪个人后无人说"呢？何况，人无完人，金无足赤。谁的身上没有被人家笑的由头，但要相信，笑你的人不一定比你强，你笑的人也不一定比你弱。夹紧尾巴，做好自己，就会少给人家留笑料。我们必须活出自我，管住嘴巴，千万莫笑人家的是是非非。

做好自己的人，自信而不自负，自主而不自恋，自强而不自闭，自律而不自欺。活出自我的人，不因盲从而人云亦云，不因敷衍而假仁假义，不因权贵而畏首畏尾，不因小成而悠哉乐哉。做好自己且活出自我的人，往往能"是则是之，非则非之"，当勉者则励之，当批者也厉之，从而达到王阳明所说的"心外无物、心外无事、心外无理"的境界，说自己该说的话，做自己该做的事，最终活出自己想要的样子。

人这一生，做好自己最重要。有些人，事未临头，可以说得口角生风，天花乱坠；大事不好，则吞吞吐吐，逃之夭夭。有些事，看似复杂，却经不起简单处理；有些事，看似简单，却往往难以办到。怎么办？唯一的办法就是做好自己。生活常常出人意料，不时常逼逼自己，永远不会知道自己有多棒。别怕什么困难无穷，一步、两步都是进步，进步了就有欢喜；别担心梦想总比现实远，顿悟、渐悟都是领悟，觉悟了就是圆满；别计较结果不如付出丰盈，过程中也有收获，命运不会在一朝一夕的得失中成为定格。生活本就是泥沙俱下，鲜花与荆棘并存，没有谁能够轻松抵达彼岸。再不完美的行动，也胜过被动等待。只要你不把眼下当终点，现在开始行动，就已经赢过还停在起点的人，那么你的未来就永远有希望。

草木有本心，何求美人折，活出自我最精彩。人心莫测，众口难调，谁都有被误解、被伤害的时候，有时甚至会遍体鳞伤。每当此时，有脾气，是本能；没脾气，才叫本事。就像山从不炫耀自己的高度，海从不夸耀自己的深度。别张开大嘴四处嚷嚷，那只是人的本能；闭上嘴巴用心思考，那才是真正的本事。只有这样，人的生命才会丰盛且平和。与人相处，如果你格外地感到轻松，在轻松中又感到真实的教益，那是你有幸遇到你的同类。

一生中能遇见这样的人极不容易，不可奢求。因为时光越老，人心越淡，曾经说好生死与共的人，转眼间却老死不相往来。唯有活出自我，顺其自然，即使做不到视若无睹，也不能干戈相向。人都是光着身子来，空着双手去，不要让无底的欲壑埋葬了原本的快乐与幸福。

人生如同品茶，只有滤去浮躁和尘埃，才能回归平静和安宁。时常回忆成长的经历，小时候懵懵懂懂，哭着哭着就笑了；中年时爬坡过坎，笑着笑着就哭了；老来后又觉得越来越孤单，越挣扎越难过。为什么？无非是生而为人，一半是身不由己，一半是无可奈何。老来的人要学会未雨绸缪，早做打算。只要你愿意承担，你就放下了；只要你愿意等待，你就在前行。其实，宁静是最积极的生命状态，就像水一样，不知所终，却顺流而去。

内卷躺平不可取

近些天，线上线下有两个热词甚为火爆，大有"内卷"不止、"躺平"不绝的势头，其热度比赵本山的"忽悠""摊事"更高。先是一些有文化的年轻人，博文之、图秀之、抖音之，花样繁多，不一而足；后有好事者，或肯定、或否定，或谩骂、或诋毁，长篇大论，高潮迭起。一时间，莫衷一是，沸沸扬扬。

何谓"内卷""躺平"？起初并不太懂。只好求助"度娘"，才知大概，但也是似懂非懂。大意是：房价太高少首付，车子太贵按揭多，彩礼太重难娶妻……哪一样都需要"内卷"，辛辛苦苦去争取。但是，"拼死拼活"之后，也不如"躺平"，不买房、不买车、不娶妻、不生子，得过且过，随遇而安。更有实例，上海某对夫妇一年只花两万元，不出门、不打工，一年又一年，从春过到冬，说是新活法、新时尚、新境界，更有甚者说是一门行为艺术。

或许是年龄大了，我没有年轻人那么丰富的想象力，总觉得这四个字有点怪怪的，这有违于当下的汉字规范，更有悖于传统文化的传承赓续。若是东汉先贤许慎一觉醒来，定然会金刚怒目而愤然作色！唉，说来说去，无非是：你有你的说法，我有我的活法。人家想过平淡的生活，不显山、不露水，虚怀若谷、良贾深藏，无祸于己、无害于人。但是，编新不如述旧，存在即为合理。何必装神弄鬼，胡编乱造，让世人找不到北，云进雾出而捉摸不透呢？

"内卷""躺平"，从何而来？正如网友评论：人生苦长，福报即现报，"五不"当时尚。房子车子再贵，"内卷"不贾，你爱涨咋涨；娶妻彩礼再多，"躺平"不理，你爱嫁不嫁；腹热肠荒，为命奔忙，我"蜗居"不出，你爱活不活；生儿压力大，要房要车要"五金"，为防"啃老"，宁可不生。于是乎，"90后""00后"，不嫁不娶，三胎放开，却没多少人生养。为富者不仁，为力者艰难，与其站着死，不如躺着活。强者兼济天下，弱者不暇自顾，"内卷"为抗争，"躺平"何可平？一月三千犹自可，三万一年亦悠然，木桶木篮，照样享受同样的阳光。

清人刘鹗在《老残游记》自序中说："婴儿堕地，其泣也呱呱。及其老死，家人环绕，其哭也号啕。"海内千芳一窟，人间万艳同杯，必有同哭同悲者焉。不以哭泣为哭泣者，其力甚劲，其行乃弥远！这告诫我们，人行于世，要懂得珍惜，尽其所力，于己有利；用其所能，无愧于人。要懂得放下，一念放下，万般自在。过得好与不好，全凭自己的感受。放下自私的欲望，放下无谓的执着，放下固执的偏见，努力做到"提起千斤重，放下二两轻"。

美国巴顿将军说："衡量一个人成功的标志，不是看他登到顶峰的高度，而是看他跌到谷底的反弹力。"人生在世，不可能事事如意，从来没有只笑不哭的人。屈大夫哭出《离骚》，太史公泣出《史记》，王实甫哭泣于《西厢记》，满腔悲愤，却有满满的成就。从一个侧面说明，能成事的人，特别能扛事，能扛得住重压的人，才是真正的强者。困难面前，就看你扛事的心气和本领。扛不住，所有努力付诸东流；扛住了，就会实至名归，拥有高远的未来。

所有的优秀与风光背后，多是不为人知的艰辛付出。年轻人啊，别"内卷"，更别"躺平"，若是生活将你撂倒，哪怕流汗流泪还流血，也要勇敢爬起来，掸掸灰尘继续向前奔跑。否则，有志失志，有才废才，到头来空走一遭悔恨终身。确实伤心、灰心了，我还得奉劝一句："颓废'内卷'不可怕，智慧'躺平'方为上。就算'卷'，也要卷出品位；就算'躺'，也要躺出境界！"

化钝为利唯砥石

"争奈何人心不古，出落著马牛襟裾。"这并不是说现在的人有多坏，都是些马牛襟裾之材。但人心不古，流于轻浮，有失纯朴勤奋，恐怕不能说完全没有道理。

有些人看似努力，实则是做表面文章，既浪费了时间精力，久而久之还麻痹了自己。有些人不声不响，日积月累，虽常常处于"蓦然回首"的境地，但往往能获得想要的结果。真正的努力，不是"怅望江头"敷衍应付的等待，而是"咬定青山"持之以恒的付出。唐代刘禹锡《砥石赋》有句话，"石以砥焉，化钝为利"，作为注解再合适不过。人在低谷时，靠自奋破解难题，靠自力稳定心态，靠自持释化烦忧。向阳生长，心中有光，就能靠近美好。一直担忧和焦虑，只能把路越走越窄。多往好处想，前行路上，苦难终会淡去。

　　有的路明明是直的，有的人却爱弯着走；有的路明明是正的，总有人斜着走。同样都是路，不同的人却走出了不一样的人生。同样是时间，不同的人却度过了不一样的时光。不是路有问题，也不是时间出了差错，而是人的选择发生偏移。选择不同，路就不同；三观不同，人生不同。有时候走错一步，步步错；有时候一时想错，时时错。无论好与坏，都是自己的选择。不论是婚姻还是事业，总有人走对了，步步顺利；也有人走错了，万般不顺。只要活着就没有彻底失败，就有改正的机会。无论何时，重新开始永远不晚，哪怕多选几次也无妨，人生本来就是一个纠错的过程。无论对与错，最重要的是迈出这一步。

　　原地踏步，抵不上向前迈出第一步；心中想过无数次，不如大干一次。世界上从不缺少空想家，缺少的往往是勤勉开拓的实干家。未来是什么样子，是由当下所做的一切决定的。现在处处要小聪明，今后也一定会被小聪明绊倒；而踏实走好当下的每一步，未来才会有如愿的大进步。心态积极的人，总能把平淡的生活过成诗；心态不好的人，生活再优渥，日子也会过得很落寞。无论你正面对怎样的困难，保有乐观向上的心，总会有迎来转机的可能。愿我们，都能以更乐观的心态过好这一生。

一境天然无奈何

古语云："求人如吞三尺剑，靠人如上九重天。"它告诫我们，人生路上，有风有雨，有沟有坎，只能靠自己。正如俗话说的，靠山山会倒，靠人人会跑。靠父母，他们总有一天会变老；靠兄弟，各有各的家庭，各有各的生活；靠朋友，救得了一时急，救不了一世贫，谁都有自己的难处。靠自己的能力打拼，才精彩；靠自身的辛苦获得，才珍贵。

有起点，就会有终点，需要自己脚踏实地地走下去；有理想，就会有梦想，只要一点一滴地去勾画，就有成功的那一天。伤在人身上，痛只有自己知道；沟在人面前，别人代替不了，只有自己跨过去，才能到达彼岸。有些风雨无从躲避，有些沟坎在所难免，别人也许能帮你一时，但帮不了你一生。靠他人，永远是温室里的花朵，风雨一来便会夭折。靠自己，就像路边的小草，风吹雨打后依然会坚韧如初。

生命中，有些遗憾弥补不了，有些意外难以避开。生活里，总会有太多的情非得已，太多的无可奈何。学会乐观，许多事并非那么重要，许多愁便烟消云散。别让琐事挤走快乐，别让压力影响心情，别让情绪淡了笑容。有位朋友戏说，他有花不完的钱，住不完的房，吃不完的饭，喝不完的酒。其实他并非大富大贵，无非有一颗知足且感恩的心。人生犹如白开水，加蜜就会甜，加盐就会咸，过得好不好，关键看心态。

人生之路，走对了，步步顺；走错了，步步难。兴业勤为本，万恶懒为先。路在脚下，自己去感受。难不难走，也得坚持走；顺不顺畅，都得勤奋朝前迈。靠自己，就得有韧劲、有分寸。开明的人走在路上，只会绕开挡道的石头，绝不会用炸药把它炸平；只会拉开拦在落脚处的荆棘，绝不会放火把它烧掉。君子和而不同，与其与人斤斤计较，不如尊重别人的不同，这样才能做到互相理解，彼此包容，才能变被动为主动，变无可奈何为无不释怀，从而变成更坚强的自己。

苍蓝如洗，浮云不见，满目皆是欢喜。人的幸福是一次次抵达，一回回超越，容不得迟疑，容不得省略。不论多少事情过不去，也要让自己的心情过得去。一杯茶，一缕香，一境天然，日积月累，便自在其中。

艰难正当修心时

生灵万物，随心而动。心若不动，万事从容。一个内心强大的人，无论外界发生什么，总能明辨事理，处变不惊，从容应对。强大的内心，需要从点滴练就。闹时静心，闲时养心，坐时守心，卧时省心，言时验心，动时制心。如能做到这"六心"，内心一定会很强大。

越是艰难处，越是修心时。有心量，才有气量，心气决定高下。古人云："养心贵以静，淡泊宜于性。"一个人能在浮躁中磨炼自己，向内心寻求定力，就会真正强大起来。只有守住自己的内心，才能上不负天，下不愧地。只有守住利益的诱惑，才能守住人格与尊严。行事不可任心，说话不可任口。能说不是本事，会来事也不是真本事，看破不说破，有理不争理，才是保身善行之法。唯有修行，丰盈自己的内心，才能抵御世间所有的不安与躁动，才能更好地融入自然，享受生活。

人无定势，水无常形。如把人生比作一次航行，总会风雨多、浪静少，越想一帆风顺，越会遇到明礁暗石。若把人生比作一场修行，总是寂寞多、欢娱少，总会得失相继，悲欣交集。心量大小决定了人生苦乐。心量越大，烦恼越少；心量越小，烦恼越多。世间万事，因缘际会，看透了，无非两件，为名来，为利往。人生的际遇，说清了，只在一念间，所遇皆是风景，诸相皆是虚妄。一时迷了路，只觉山重水复，转念豁然间，又见柳暗花明，全在一个"缘"字。缘来不推，缘去不求；缘生惜缘，缘灭随缘。

浮名虚利，让人生充满困惑。困在迷途里，不知前路；惑在诸念中，不见清净。一场修行，了然了，皆是在放下、拿起，放得下对过往的执妄，才拿得起未来的希望。就在这放下、拿起之间，渐起渐落，或明或灭。只有放得下，才经得住迷茫；只有拿得起，才看得到希望。生命从来处来，往去处去。看得清诸相，哪里不是繁花胜景；放得下执念，何处不是花香满径？

路漫漫，前路未知。心笃定，无所谓忧喜。行至风雨时，不妨檐下暂避；身陷困顿处，不碍放下负累。转头回望，不骄不躁，不卑不亢。一路前行，放下了许多，才能拿起更多。人之所以活得累，不是拥有的太少，而是所求的太多。竹密不妨流水过，山高岂碍白云飞。花开有期，叶落有序，站在低处亦可看尽三千繁华；兴衰有迹，荣枯有秩，最美的绽放往往是一道孤独的风景。

当下，时间等于金钱，快节奏已成为生活常态。一时的快，是一种释放，也是一种满足，但是一直求快，将永远无法满足。而且获得越快，内心反而越空虚。但是，时代的浪潮一浪高过一浪，习惯了快节奏的人们正在迷失方向，丧失了慢下来的能力。其实，快节奏是为了成就慢生活。快只是方式，慢才是追求，才是自然。何不让脚步等等内心，以缓慢的姿态行走于世。唯有如此，才不会大起大落，大喜大悲。

大道至简，简为极致。心简单，世界就简单；心复杂，世界就复杂。有没有风雨，有没有赞美，都无关紧要，因为我们都是镶嵌物，你是镶嵌在石头里的故事，我是镶嵌在人间的石头。不囿于百花争艳，存在就是对自己的认可；不执着于贫富悲喜，想绽放，就张开放飞的翅膀！

不求全盛方圆满

"事忌全美，人忌全盛。"有些人这也看不惯，那也不放心。更有甚者，好像所有的人和事，他都看不惯，也不放心。须知，不是每粒种子都能发芽，也不是每朵鲜花都会结果。人亦如此，不是有争取就能获取，有心愿都能如愿。根本原因在于想多了，识少了；想全了，行少了；事大了，心小了。最好的办法就是常想一二，不求全美；莫论八九，不求全盛。没有人事事如意、样样称心，只有人随遇而安、随缘顺心。心情放下了，性情就自在了，事情就圆满了。

以踏实之行自励，则品日清高。一台机器上的齿轮，越转越润滑，但也会不堪重负，越用越颓废。一个人也是如此，越忙碌越灵光，但也会欲速不达，越想得到越得不到。人生之路，不进则退。走到半途最困难。想舒服，就失去了动力；想偷懒，就扼杀了勇气。踏实走好每一步，无论掌声多少，始终坚持不懈；不论结果好坏，终将问心无愧。你若患得患失，生命就会风霜雪雨；你若踏实忙碌，生活自会云蒸霞蔚。生命因踏实而长久，生活因忙碌而多彩。只有学会取舍，笑看得失，方圆有度，才会活出轻松惬意的自己。

以礼让之行容人，则德日广大。礼让，不是无能，而是素质；不是懦弱，而是修养；不是畏惧，而是从容。成熟的人懂得礼让，成功的人时常礼让。有些人不尚礼让，事事斤斤计较，时时钩心斗角，处处争名夺利，纵然加官晋爵、腰缠万贯，得到的也是人心尽失、众叛亲离。时常礼让，也许会吃亏，但能赢得人心；也许会受委屈，但能受人敬重。财散人聚，在利益上愿意礼让的人，会得到更多的帮助；虚怀若谷，在权力上愿意礼让的人，会得到更多的爱戴；心无挂碍，在感情上愿意礼让的人，会得到更多的朋友。

以齐家之行立世，则家风日远。家风，事关家庭兴衰。一个家庭，若是父慈子孝，夫唱妇随，兄弟姐妹情同手足，干事创业同心协力，这样的家族自然兴旺。反之，即使再富裕的家庭，早晚也会衰落。家风正，即使并不富有，也会过得其乐融融；家风不正，即使富甲一方，也会过得鸡飞狗跳。因为少了和气，就缺了顺气，自然就失去福气。一家人过日子，相互理解，便收获了亲情；相互包容，便收获了和睦。齐心把日子过好，再穷也能发家。

　　"一音入耳来，万事离心去。"人要学会不求全美，莫求全盛。过去了，不会再回来；失去的，就当成经验。放下，才能轻松；看淡，才得圆满！

合则两利何不为

时下，事事竞争激烈，人人感觉压力山大，好像时时都有过不去的"坎"。其实，过去认为自己迈不过去的坎，次次不都是跳过了吗？时过境迁竟不知不觉。以为自己撑不下去的结，回回不都是解开了吗？忍着熬着也就自然而然。没有人事事会做，却有会做此事的人。其实，打败你的不是别人，而是自己。合则两利何不为，斗则俱伤为哪般？

狭路相逢，你行我亦行；合作互惠，我好你也好！这就是和，就是具有远见卓识的战略视界。与人并行，最具头脑的是精诚合作、优势互补，最得人心的是成就别人、各得其所，而不是你争我斗、一输一赢，更不是死去活来、两败俱伤。就像今人新解的龟兔赛跑，陆地上兔子背着乌龟跑，过河的时候乌龟驮着兔子游，各显神通，皆大欢喜！这应是竞争的最高境界，而不是谁搞垮谁、谁打败谁、谁把谁踩在脚下。须知，你把别人搞垮了，看上去赢了别人，却多了一个敌人。而懂得合作的人，与别人共赢共荣，就多了信得过、靠得住的同路人！

少低头，多抬头。人要走的路千万条，有一条路不能回头，就是放弃的路；有一条路不能迷失，就是往前的路。总是抱怨脚下路途坎坷的人，是低头走了太久，而忽略了一条道上的同路人。因为你缺少的，可能就是路人多余的；路人可能的短板，也许就是你的强项。携起手来，就多了人手；合起心来，就有了信心。低头抬头都是走，与其低头孤独前行，不如抬头寻找可以同路的人！那人在哪里？只要你肯抬头，那人便在"灯火阑珊处"。

少说话、多做事。"言而当，知也；默而当，亦知也。"话不说尽，是智慧；话不说满，是修养。说话的分寸，其实就是做人的分寸。很多时候，不是话说得越多就越好。与人合作，不光看你说了多少有道理的话，更要看你放下身段干了多少有用的事。

少猜忌、多信任。人世间最美好的关系，莫过于互相信任。人与人之间的信任，像镜子，一旦破碎，就难以重圆；也如一张纸，一旦起了褶子，就难以抚平。再深的感情产生裂痕，纵使千般弥补，还是会心存芥蒂。所以说，少猜疑，多信任，才是对别人最好的尊重。多学人家的长，多记人家的好，加法待人，减法对己。珍惜每一个值得信任的人，千万不要辜负别人对你的信任。

一心只想着自己成功，往往很难成功。既想着自己成功，也想着让别人成功，自己有吃的，就不让别人没喝的，此乃大智慧也！倘如此，前边是我为人人，随之而来的必定是人人为我！

以苦为甜心不惧

人从娘胎出来，从第一声啼哭开始，便进入人生的苦难与甜蜜的旅行。这个旅程有长有短，有高有低，有得有失。只有从"小"见"大"、以"苦"为"甜"，方能心无畏惧，走正走顺，有所作为。

人，生来不易却简单。在旅途中行走，其实就是努力寻找自我、不断看清自我的过程，不仅是让世界看到自己，更是让自己看到世界。凡能成事的人，往往是从简单的事发端。能做好小事的人，往往能成就大事。成事者，有目标，有方向，不怕苦，不迷茫。切忌大事干不了，小事不肯干；不想做手头的事，只想做天边的事；不做好当下的"苦事"，而想着遥远的"好事"。

不应轻言人生苦短，命运都掌握在自己的手中。知苦不言苦，不气馁，不放弃。与其抱怨昨天的不如意，不如把今天的事做干净。凡事靠实干，万事靠拼搏，小事不小看，简单的事做得不简单，心无旁骛，脚踏实地，成长进步自在其中。正如有人所说：所谓美好人生，只是最简单的小经历、最淳朴的小幸福，别浅尝辄止，好高骛远。碰上一件好事，遇上一位知己，想想开心就好，念念知足便行！

人生苦旅，是一场没有返程的旅行。只有不忘来时的路，能披荆，能斩棘，才能找到适合你的路途，或者说是生存的方式。只要一步一个脚印往前走，就会发现每前进一步，前路便变得更辽阔。

什么是最适合你的路呢？

它能让你心情愉悦。以苦为甜，开心快乐，永远是幸福的阀门。就是见想见的人，爱所爱的人，做想做的事。即使是难事，付出代价，即便不完全成功，甚至是败笔，只要得到历练，长了见识，积累了经验，仍是幸运事、开心事。

它能让你少走弯路。通向幸福安康的路不会直达，肯定有弯曲，肯定不平坦，有时甚至觉得很痛苦。日日行，不怕千万里；常常做，不怕千万事。弯路必须走，会走出经验，走出新路；难事必须做，会做出记性，做出新意。积跬步以至千里，路会走得越来越顺畅、越来越通透。

但用此心多留白

今日立夏，春色不再，万物至此皆已长大。有的风景，只能喜欢却不能收藏！

有的人，多次遇见，还像路人，可以同事，不可同心。有缘搭伙，总归散伙，可以握手，不能牵手。无论相逢一笑，还是含泪作别，但用此心，人应正大，气须强大，心才博大。

人的一生中，你求上，有可能居中；你求中，则有可能居下；而你若求下，则必定不入流。所以在起步的时候，立志必须高远，要学雄鹰展翅飞，莫效燕雀安于栖。

生活里，与人相遇，结伴同行，直到街头的暮色深深，与人别离，比邻天涯，有如明月的清江悠悠。

风轻无云色，一处闲境，续上旧缘，煮茶焚香，安抚了浮躁的尘心，恰如几许落花，茵茵一片芳草。茶浓时，俱在茶氲里，轻言无妄语，颔首不言利，解了心忧，释了凤愁，留白自能色雅。茶凉后，一笑间，已是月近江清，怨忧灰飞烟灭，风轻树静江流去，无言便可懂得，茶清水冷氤依依。

欣喜不常有，忧恼难久避。人生的种种际遇，难以如意。世事的欢喜纷扰，难舍难离。水波的江流宛转，流转了几度人间；禅茶的意味悠悠，忘却了多少流年。

鞋合不合适脚知道，人合不合意心知道。莫贪图鞋的华丽名贵，而扭伤了自己的脚。鞋子的外观不是最重要的，自己的脚舒服才是最关键的。选鞋子是这样，选择和什么样的人做朋友也是如此。人生这趟旅程，注定充满坎坷，能遇上合拍的人同行，如同给自己穿上了合脚的鞋。只有跟你志同道合的人，才能知你委屈，懂你脆弱，和这样的人在一起，才能乐得自在。

俗话说：道不同，不相为谋。而心思不一的人，则不必为友。无论什么鞋，穿起来合脚才舒适；无论什么情，两个人合拍最重要。一路有知心朋友的陪伴，定能让你三冬暖。

眼界、境界都来自胸怀。胸怀的宽广，可以装进万山千岭，可以流淌五湖四海，可以融进一行数群。所以，人的命运是由胸怀决定的！

岁月无殇，你亦无恙。

拈花一笑去心愁

人生无常，有得意，更有失意。纵有烦恼三千，可端坐灵山，聆听经典，亦可拈花不语，破颜微笑。人生是一种态度，心静自然天地宽。过好每一天，就是过好这一生。

人生的不幸，常因不知珍惜眼前的幸福；生活的疲惫，多由苦苦追求轻松自在而造成。无忧则无愁。如何无忧无愁？无非是懒得计较一时一事。勤耕五谷，则自得丰实；精于算计，却徒增疲惫。是非尘事，不妨偷懒，计较了一时，必纠缠于一世。昨是而今非，委心任去留。昨日之是，今日却非；往昔之苦，后亦甘甜。烦恼皆由心生性起。尘杂皆苦，莫心生不甘；得失常事，莫患寡患均。

攀比了幸福，便难得幸福；计较了多寡，终觉一无所有。身在福中不识趣，常被喧嚣乱心尘。偷得了闲暇，能得半日之悦；

省却了争辩,净得一生清欢。争得一寸得,辩得三分理,纵一时之快,失尺丈之乐。闲来听风观雨,不被得失困扰,不为是非牵挂。生活的诸苦,无非欲得不得,患失尽失。眼下的妙趣,不妨凭它来,由它去,潺潺流水,茫茫山际。

不一样的你我,不一样的心态,不一样的人生。对那些意想不到、让人大跌眼镜的事,来了就来了,就不要在那里捶胸顿足、怨天尤人了!最高明的做法是"既来之,则安之"。但这里的"安",不是"生于忧患,死于安乐"的"安",而是安定、坦然、不慌不乱去应对。知止而后有定,定而后能静,静而后能安,安而后能虑,虑而后能得。当无事时,要像有事那样谨慎;当有事时,要像无事那样镇静。

任何人的一生,"心想事成""万事如意"是不可能的。灿烂的阳光不会照在一个人身上,不要嘴吃着碗里的、眼瞅着锅里的。有些东西可遇不可求。你抓住了那是你的,你抓不住那就是别人的。人生没有如果,却有很多但是。既然已成既然,何必再说何必。路再多,你也只能选择一条,还是随遇而安、顺其自然、聚精会神干事创业为好,不要停留在不开心的过去,而错过了本该属于自己的美好的明天。

人生历练多打滚

　　我从小在老家放牛，常常发现牛会在水坑里或地上打滚，有时用身体去蹭树干石头。我不明白其理，就去问长辈，才知道夏天牛困水，滚一身泥巴是解暑，在地上滚蹭树干石头是为了抓痒痒、除蚤虫。这些都是牛保持肌体健康的办法。

　　在部队里时，又听到一位上将说，培养干部的好办法就是让干部多打滚。从动物到人，其实道理都是相通的。牛打滚是为了强身健体，而人打滚除了强筋骨外，还能起到增智慧、长才干的作用。见多识广，才有高标准、高智能！

　　人要走上坡路，也要走下坡路。无论是走上坡路，还是走下坡路，都是人生经历。上坡路走起来永远是最费劲的，但它能让你到达更高的层面，看到更美的风景。人这一生，犹如苍鹰，总想在高空飞翔，不想停下来，可无论怎么努力盘旋，也总有停下来的时候。这时候不妨把心静下来，整理过往，休养生息。这世上，没有人永远雄踞山顶，有上山就有下山，有上坡就有下坡。把人生下坡路走好，方见一个人的胸襟与气度。漫漫人生，既要走得了上坡路，也要走得了下坡路。这是上下滚。

做一件事，成功了，领导表扬，同事羡慕；做砸锅了，挨批评，甚至受处分，见到的是同情、嘲讽的面孔，这是在舆论中打滚。这个过程对人的脸皮、心理的考验最为直接。有的人在得意时一下子翻过身来，站得趾高气扬的。在失意中身体、心理一下子有抵触，翻动了好多次也动弹不得，站不起来，因而打滚是很不容易的。这个时候脸皮要厚一点，斗志要坚强一点，知耻而后勇，爬起来抖抖身子，定定神大步往前走！

从社会属性来讲，机会对于任何人都是公平的，它在我们身边的时候，不是打扮得花枝招展，而是普普通通的，根本就不起眼。看起来耀眼的机会，很多时候不是真正的机会，而可能是陷阱。真正的机会最初都是朴素的，只有经过主动与勤奋，它才变得格外绚烂。

打滚对每个人都是必不可少的，无论你是做什么的，无非是滚的地方、条件、次数、途径不同而已。社会中人，没有谁是不打滚的。那些笑容满面的人，未必就没有伤痛；那些光鲜体面的人，未必就没有委屈。脸上的强颜欢笑，不过是遮掩；表面的轻松快乐，或许是伪装。成人的世界里，笑不一定就是开心，有时是哭的代替。再累，也不能逃避；再难，也不可哭泣。哪怕是跌倒了，也要爬起来坚持继续前行，比你活得艰辛的人有的是。没带伞的人，只能在风雨中奔跑；没有背景的人，只能靠自己打拼。不要抱怨，不要放弃，更不要哭泣。路上再泥泞，也得一步一步地跋涉，日子再苦，也要一天一天地度过。

从某种意义上讲，从多数人的结局来看，滚的机会越多越成熟，等待你的就是更多的好运与幸福！

第 六 辑

道理正明因比较

换位思考有技巧

换位思考是人际交往中非常重要的沟通技能，是一个人学会做人做事的重要一步。人与人之间的感情，永远都是相互的，没有一份感情能仅靠一方的付出维系。

现实生活中可以看到，有智慧、有担当的人都懂得换位思考。因为他们明白，世界上没有两个人的相貌、脾气、性格、需求是一样的。不能只在自己的位置上看别人，也要在别人的位置上看自己。不能按照自己的兴趣、爱好、喜怒哀乐去约束他人。不要认为你想要的别人也会要，你喜欢的别人也会喜欢。有时候"己所不欲，勿施于人"，有时己所欲，也要"勿施于人"。将心比心，以心换心，心心相印；我为人人，人人为我，携手共进。何乐而不为呢？

多看人长处，少看人短处。一个人想要得到的越多，失去的肯定就越多。万事皆有度，欲望失去了枷锁，就会迷失方向。控制欲望，不可贪婪，专注于自己该得到的那一份，守护好初心才是最佳的选择。初始只想得到一个微笑，结果来了个拥抱，很是惊喜。幸福的生活，不是无止境的拥有，而是知足知止。存在即合理，适合即完美。不完满的欲望，才是生活真实的写照。世间万物，各有不同，有的人选择继续前行，超越目标成为更好的自己；有的人选择放下过往，重新开始，迎接新的挑战；有的人选择停一停脚步，不再激流勇进，享受慢节奏的美好生活。

说话前想想听众的感受。面对若干听众，说话更要顾及在场的每一个人，如果有些话会刺伤个别人或少数人，这些话在这种场合就尽量不要说，放到私下交流。所以能说话，不代表会说话，说得多，不代表说得对。很多时候，夸夸其谈比不上适时的沉默。会说话，是一种本事；懂沉默，是良好的修行。谁都有一些深藏内心的秘密，并不愿意被人刨根问底。很多时候，同样一件事情，对一些人来说，或许已经云淡风轻，但对有些人而言，却依旧是惊涛骇浪。若只顾满足自己的好奇心，去戳中他人的伤心处，那是对别人的不尊重。懂得把握说话的分寸，是好的教养；耐心地倾听，是好的修行。

太重感情易受伤

有句古话:"情深不寿,慧极必伤。"感情一旦投入过多,最后只会让自己受伤。自古以来,太重感情的人,更容易被感情所伤。

生命来来往往,人情冷暖,人性复杂。没有谁真的离不开谁,也难有哪一份感情会至死不渝。太过高估你和别人的感情,只会一次次把伤害的权利赋予对方。终于有一天,当人性的冷漠、自私暴露出来时,你会一次次遍体鳞伤。

最稳定的关系,是没关系,与其总想抓住,不如撒手放开。是你的跑不掉,要走的留不了。有些人只是在你生命中走了一回过场,见了一面,或聊了几句。看淡人来人往,接纳人情冷暖,不再伤春悲秋,这样你的日子就会好过很多。所以,年龄越长,你越是要学会克制自己无处安放的孤独感。

不再高估人和人之间的感情，不要刻意地去追求某些关系。不强求、不捆绑、不执着、不自怨自艾，聚散随缘。要冷静、要真诚、要通透、要豁达乐观，看他来他去。那些与你毫无关系的人，就是毫无关系！从第一天开始，其实你就知道，就算当初笑得甜甜蜜蜜，你曾努力用心经营过这段关系，那也已经是过去了！那些与你无关的，就是与你无关，拉也拉不回来。人生不相见，动如参与商。人生的聚散本是常态，如若你要走，我何苦强留。

不要高估你和任何人的关系。生活中，有些失望是不可避免的，但大部分的失望，都是因为我们高估了自己，高估了我们和别人的关系，高估了自己在他人心中的位置。所以，我们才会渴望依赖，渴望被重视，对他人的背离难以释怀，失望于他人没有按你要的方式待你；失望于多年的朋友，关键时候怎么那么势利；失望于自己真诚以待的年轻人，怎么就不知感恩；失望于有血缘关系的亲戚，怎么那么经不住利益考验，一碰钱就疏离……

但是，这世间根本没有什么理所应当，只怪自己太过想当然。太被感情左右自己的情绪，倒不如学着过好自己的生活。当一个人离开你时，无须过于伤心，你要明白，每个人只能陪你一段路，你才是陪自己走到底的那个人。成年人的世界，你总要学会一个人走，一个人承受所有。

如果有人让你失望，希望那是生活中给你的一记响亮耳光，告诉你不要高估自己和任何一个人的关系。要亲疏随缘，爱恨随意。人与人相处，最好的心态莫过于：你来，风雨多大我都去接你，你走，我便不送了。

要做自己拓荒者

痛苦和烦恼都不是来自事物本身，而是来自你对它的理解和感悟。同样的事情理解不同，感悟就不同。感悟就是如实地认识到生命的本质，用自身本性感悟一切，当智慧自然显现在眼前时，迷惑、痛苦、烦恼顿然消失。

佛法里的"无分别心"是指站在本性的角度来看一切，知道一切皆是唯心所现，所以不去执着一切表象的差异，并不是不加分别判断，一概而论。修行不是让自己丧失标准不知好歹，而是体察分明的同时又包容大度。要走的人留不住，装睡的人叫不醒，不喜欢你的人感动不了。告诉自己，别缠着往事不肯走，别赖着曾经不放手。

复杂环境能锻炼人，提升人。复杂也是新秩序的开始，会带来创造力。常言道"树挪死、人挪活"，换个环境看起来像是将自己逼上了绝路，却会遇到柳暗花明，人生往往会找到另一个出口。

新的环境让人兴奋。新的工作岗位虽然陌生，但也会让人更用心。经常换换环境，说不定会挪出不同的活法。新旧环境叠加让人多些经历，承受更多压力。进入一个新领域，大脑会更活跃，潜意识总会把新问题和老经验进行各种组合，碰撞出新的创意来。这也是为什么很多公司招人，更加看重履历丰富的原因。

世界充满不确定性，人只生活在一种游戏规则里，会感到疲惫叠加。但是你有多手准备，就可以走出僵局，重焕生机，这就是"杠铃策略"。很多人会选择两种完全不同的爱好，或完全不同的职业，这是为了在混乱之中找到平衡。混乱可以是你的朋友，而不是你的敌人。自立，是一种对生命积极、自主、负责的态度。别拿着别人的地图找自己的路，也别做现成答案的乞讨者。要做自己生命的拓荒者，去探寻智慧的宝藏，走出自己的人生路。

取悦自己才快乐

你想别人怎么对你，先要想想自己怎么对别人。感情总是相互的。相互的好就像沸点，可惊天动地，可热血澎湃；相互的冷就像冰点，可天寒地冻，冰冻三尺。人帮人，心靠心，朋友才能守住，才能风雨同舟；情暖情，心交心，感情才能拥有，才能天长地久！

你要看过世界辽阔，再评判是好是坏。你要铆足劲变好，再旗鼓相当地站在你不敢想象的人身边。你要变成想象中的样子，这件事，一步都不能让。

和身边的人相比，你也许不是那么耀眼，拥有的不是很多，走得没那么快，但这都不要紧。要紧的是，你是不是始终循着自己的脚步，是不是每天都在进步。只要不曾后退，慢一点也无妨，一直往前走，你总能抵达想去的地方。

你自以为的极限，很有可能只是别人的起点。得过且过的态度就像灰尘，再硬的铁碰上也会生锈。

离开的都是风景，留下的才是人生。很多人之所以煎熬，就是一直在做别人期待的自己，每天复制相同的人生，无味无趣。不如洒脱点，只管做最真实的自己。人活一世，是为了做好自己，不是为了解释自己。人生为什么会痛苦，因为忘不掉、放不下、输不起。归结起来就是"执念"二字。不纠结，是一种洒脱，也是开启幸福的钥匙。

人生的快乐根植于内心，一个人只有懂得取悦自己，才能真正收获快乐。余生漫长，如果前半生看不透人际关系，纠结于生活中的纷纷扰扰，活得复杂又疲惫，那么后半生，要活得轻松自在，做最好的自己。如此，这一生便不虚此行。

坚持早起强过人

太阳过正午就偏西，月亮过十五就月亏。有些人可以期待，但不能依赖。每个人的路都得自己走，每个人的泪都得自己抹，谁也无法替代。

生活很艰辛，社会很现实。当你累了时，会有人对你说，累就别干了，可没人愿意给你报酬；当你病了时，会有人对你说，去医院看看吧，可没人愿意陪伴你。不要只听别人说，要看别人怎么做，不奋斗谁也给不了你想要的生活，别纠缠往事不肯走，别赖着曾经不放手。当有人忽略你时，不要伤心难过，别高估自己在他人心里的位置。要明白：最卑贱的不过感情，最冰凉的不过人心。所以，有缺憾才是永久，不完满才叫人生。

无论贫穷富贵，总归同样待遇。漫漫人生路，有起伏也有波折，有狂风也有暴雨，有鲜花也有陷阱，有真爱也有怨恨，有悲欢也有离合。百年之后，各奔一方。说得直白一点，每个人自从来到这个世界，都是过一天少一天，所以要彼此珍惜。你可以争执，但别斗气；也可以吵闹，但别冷漠。好好说话，互相包容。善待对你好的人，对朋友要真，对亲人要爱，对父母要孝，对儿女要教。人一辈子也就三万多天，珍惜身边所有人，大事不糊涂，小事不计较，让生活多一些美好，让人生少一些烦恼。

你能控制每天清晨，就能控制整个人生。看一个家族旺不旺，不看父母看孩子。看孩子就看两点：是否早起，是否读书。一个孩子如何过早晨，就决定这个孩子如何过一生。有学者花五年时间研究了若干位白手起家的成功人士的日常习惯，结果发现：百分之九十九的成功人士都有早起的习惯。所有习惯的养成，都是从早起开始的。早起的好处，首先是精力充沛，可以高度集中注意力，学习本领；其次可以增加一天可利用的时间，每天早起一两个小时，每个月就比别人多出三天的时间，一年就是三百六十五天。日积月累，厚积薄发，必定成功。

想要变得优秀，请从早起开始。

道理正明因比较

老战友送我两句话，前一句话是"人生大悟靠琢磨"，后一句话是"道理正明因比较"。这两句话老朋友颇是动了一番脑子的，不仅镶嵌着我老家县名和我的名字，还饱含丰富的人生哲理、标准、路径，文理对仗，尤其一个"因"字，深藏禅意。

从何比较？动物园里养不出驰骋的千里马，水井里跃不出翱翔的鲲鹏。你最终变成什么样，很大程度上取决于你在人生道路上，是选择迎风奔跑，还是顺势舒服下坡。"比较"这个词听着平凡，但要做到真比较、会比较就有很大的差异。朝上向好就要打拼努力，打拼努力你的人生必定会出类拔萃。

比较皆从经历。好坏都有风景，蓝天下遍是阳光，艰苦后定是甘甜。待到春暖花开的时候，那些曾经埋在心底的种子，自然会在坚持中绽放最美的容颜。"梅须逊雪三分白，雪却输梅一段香。"宋代诗人卢钺对梅和雪的评价既朴实公正，又意蕴深长。雪的"白"和梅的"香"，在这里都借喻为人们的优点与特长。有的人，大有作为，才华横溢，无所不能，具有梅的"香"，可惜的是缺少了雪的"白"。有的人，品格高尚，心地纯净，白玉无瑕，具有雪的"白"，而遗憾的是缺少了梅的"香"。做人就应当懂得，"尺有所短，寸有所长"。

比较应着眼全面。常言道："金无足赤，人无完人。"人非圣贤，孰能无过。如果谁自以为是，他便少一是；谁有短护短，他更添一短；谁有长扬长，他更加一长。人生就是这样，不完美才是完美。能够原谅别人缺点的人就是趋向完美的人。有言道，梦里不醒醒知梦，话不当言言必失；人无完人人胜人，世事无常常弄人。人与人之间的相处应当谦逊低调、师人之长、善于欣赏，效他人之优点为我所用，取别人之长处利我成长。

比较还需若愚。人与人之间的相处应当时显"糊涂"。有人说话喜欢显山露水，你就让他显摆一下；有人做事喜欢出个风头，你就让他炫耀一回；有人的确有真才实学，你更要允许人家发光，毕竟人家某些地方也许略高一筹，值得效仿。做好自己，懂得用欣赏的眼光看待这个世界，懂得用乐观的态度应对不好的人与事。久而久之，你周围的风景，你生活的状态，都会跟着变得美好起来，你也会聪慧灵动多了。人人都要学会接受别人比自己优秀的事实，因为各有各的闪光点。你有擅长琴棋书画的才艺，他有精通诗词歌赋的才华；你有吹拉弹唱的天赋，他有煎炒炖炸的技能；你有口若悬河的口才，他有淡定沉稳的秉性；你满腹韬略让人敬佩，他默默无闻掷地有声；你乐于助人品德高尚，他赠人玫瑰手留余香。

比较应站正立点。水至清则无鱼，人至察则无徒。看别人，最好要抬起头来；看自己，最好要低下头去。心中有杂草，眼里尽是野蒿。一个聪明人，最懂得尊重别人，因为他知道山外有山，人外有人；他知道物各有其用，人各有所长；他知道学会欣赏别人会让自己受益无穷。他更知道欣赏应该建立在相互的基点之上。一样的眼睛，却有不一样的看法；一样的耳朵，却有不一样的听法；一样的头脑，却有不一样的想法；一样的双手，却有不一样的做法；一样的双脚，却有不一样的走法。让我们相互欣赏，避短扬长，既欣赏"雪"的洁白，又享受"梅"的芳香，努力活出自己最好的模样！

比较应博采众长。人之所以要打拼，是为了把命运攥在自己手里。没有谁可以一直被你依赖，也没有人能够替你成长。如果你从没想过做出一些改变，又怎能指望目前的生活会有好转？学别人，是为了壮大自己。靠自己的力量一步步跨过泥泞，你才能离自己想要的生活越来越近。

道理正明要比较，比较道理须正明。

韧性低头退为进

生活绝不会一帆风顺，也不会满是荆棘坎坷。生活给你快乐与痛苦，绝不是让你笑一场、哭一次就结束了，而是让你去思考，如何还能再笑，如何不再哭泣。无论如何请提升你的能力，格局要大，眼光要远。

刚则易折，柔则无损。稻谷熟了，自然会低下头。如果一味昂着头，那就会给人一种趾高气扬、不可一世的感觉，让人敬而远之，甚至遭人排挤。适时低头，不只是一个动作，而是一种智慧，一种豁达的胸怀，不是委曲求全的懦弱，是"留得青山在，不怕没柴烧"的深谋远虑。一个人成熟的标志，是刚柔并济，进退有度，是一种谦逊的姿态，取舍的睿智。常言道：人在屋檐下，不得不低头。如果生活中懂得适时适度低头，生命里就会多一份韧性、一份张力、一份成熟。

倾听别人的意见，要闭上自己的嘴巴；接受别人的批评，要屏蔽自己的情绪；采纳别人的意见，要保留自己的判断；学习别人的经验，要记得自己的方向。当无事时，要像有事那样谨慎；当有事时，要像无事那样镇静。今天做别人嫌麻烦怕困难而不愿做的事情，明天就会拥有别人想得到而得不到的东西。

不求百事顺意，只求问心无愧。这么多年来，遇见很多人，看透不少人，走过很多路，经历不少事，不是所有的人都对你称兄道弟，也没有太多的人对你真心实意。人生道路的难与不难，只有自己能体会；眼角的泪水咸与不咸，只有自己能品味；心中的苦说与不说，只有自己能明白。

人生，就是一个长途旅行的过程，远近难把控，成败不重要，输赢无所谓，经历了努力了珍惜了，无怨无悔就好。善待他人，温暖自己，即使背后有人乱嚼舌根，只要自己行得正站得稳，再多的伤人恶语都别去理会，再刺耳的流言蜚语都影响不了你，再狡猾的病毒也必将灭亡！

寻一片葱茏时光，邂逅一程阡陌晨游，撷一朵朝露芬芳，吟一曲春满柳梢，牵一季桃红娇羞，拾一枚风花雪月，盈一袖郁金幽香，奏一段高山流水，释一份山水相连，触摸着季节的温度，愿阳光更明媚，春暖花更艳。

灾难是块双面镜

灾难到来时总是令人猝不及防，却能让人快速分辨人性的善恶、素养的高低，发现善良的人是真善良，有本事的人是真有本事；坏的人是真坏，蠢的人是真蠢！

灾难是块双面镜，照出了人性的丑恶，也造就了平凡的英雄！贪婪不仅是人对物质的追逐，还包括对情感、名誉、地位等精神上的迷恋；懈怠不仅是身体上的懒惰，还包括精神上的颓废与麻木；执着不仅是对自我、概念、感受、境界等"有"的执着，也包括对平淡、悠闲、无为等"空"的执着。

自古好人有好报，善良之人洪福随。当你心存善念时，你的善良总会在许多意想不到的时刻帮你渡过难关，让你化险为夷。生活中总有些人企图靠去寺庙烧香、拜佛求天等表面的形式去积德积福，其实只要你有了好的德行，拥有一颗善良的心，当善良内化为你的品行时，自然就会积到好的福报。

肚量小失友，气度大聚朋。日常工作和生活中，每个人都或多或少得到过别人的帮助。比如，师长的谆谆教诲，亲朋好友的关爱，同事的热情帮助，领导的信任器重等等，这些都是每个人成长进步的重要因素。记住"滴水之恩"的人，可以培养自己谦虚的品质，拥有更多的朋友，家庭成员之间也会更加其乐融融。常记得别人的好，那么看天是蓝的，看山是绿的，心情是愉快的，世界是美好的。记住人生历程中曾经帮助过你的人，生活给予你的每一缕微笑以及每一份源于心底的感动。善待他人，其实就是善待自己。

长空落日，江河波涛。有起自有落，天地之势；冬去自春归，四季使然。圣人不言喜，不逐乐。喜在心尖不过一念，乐在身旁如梦幻泡影。人生诸事，因为懂得，才会珍惜；因为慈悲，才会感恩；因为知足，所以常乐。至人不语悲，不浸伤。悲是无常事，如雨来风满；伤是心上尘，久之已成垢。生活百态，如果偏激，则见浮躁；如果妄想，则生桎梏；如果执着，则常悲伤。

一壶苦茶，一窗清风，将生活调至静音模式，琐事杂扰，无声而由其自生灭；是非计较，不语而任其乘风去。茶品内心，舌尖品涩苦，唇齿留余香。心中的诸念，如徐徐来风，带着春的烟雨，散了心的积尘。无论雾浓烟笼，春花次第开，小雨润物，春江水暖。心中的怨愤、郁苦，皆随流而去，不言其喜，不生骄纵；不语其悲，不生桎梏。

水软无力，却淘尽千古英雄；静默无声，却唤起禅妙清听。一江春水，一杯清茶，将心静下。不争辩，自清白；不计较，自放下。悲于心上由它念生念灭，安时而处顺；喜于心头自当风来愉悦，不求其久驻，只愿其常来。借助慧眼，是一个长期而又艰苦的修炼过程，绝不是一朝一夕、一蹴而就、一劳永逸的事情。世界在不断变化，事物在不断发展，人们的认知能力和适应水平也应水涨船高。只有静下心来，认真学思践悟，使自己始终保持一双慧眼，才能永不迷航，拥有完美的人生。

借我一双慧眼吧！让我把这纷扰的人世，看个清清楚楚、明明白白、真真切切！

精神内耗要提防

　　一辈子做人，怎样算是做好了人？

　　人本是人，不必刻意做人；世本是世，无须精心处世。一半物质，一半精神，生活便能常乐。一半尘世，一半山水，这便是人生。其实，人之平凡在于，扔进沧海，谁都是一粟；人之不凡在于，每一粟身上，都有外人猜不透的故事。

　　有一种强大，叫靠自己。追梦的路上，没有一帆风顺，也没有一蹴而就，反而会有很多枯燥甚至艰难的时刻。但或许正是那些不太惬意的时光，才能成就你想要的美好生活。经历种种考验，你会发现，曾经梦想的一切，会一件件来到你的面前。读万卷书、行万里路的人生状态常常让人羡慕。其实无论读万卷书还是行万里路，都来自大量的积累。想实现目标，最重要的是练习、消化和沉淀。没有一次次的试错取舍，就没有后来的厚积薄发。

凡事不要怨天尤人，不要一味等待他人的援助。靠自己一步步跨过泥泞，才离想要的生活越来越近。若是你能活成一棵树，那千万不要去做一根藤。人生，糊涂一点，挺好，不需要太明白，太清楚。世界很大，个人很小，没有必要把一些事情看得那么重要。尽心了，尽力了，无愧就好；得到了，失去了，知足就好。用观赏的心情去看待世间的一切：月圆是诗，月缺是画。平凡自有平凡的幸福，只要懂得怎样生活，懂得追求，就不会被幸福抛弃。

每个年龄都有每个年龄相匹配的烦恼，无一例外。每个年龄的烦恼，都会在那个年龄的时候，安静地等着你，从不缺席。当你在高处的时候，你的朋友知道你是谁；当你低落的时候，你才知道你的朋友是谁。不要在该奋斗的年纪选择偷懒，只有度过了一段连自己都被感动的日子，才会变成那个最好的自己。

你对工作的态度，决定你的人生走向。心理学有个"慢马定律"：两匹马各自拉着一辆货车，一匹马卖力地前行，另一匹马在后面慢悠悠地跟着。主人着急了，就把后面慢马拉的一部分货物搬到了快马的车上。慢马很高兴，走得更慢了，还暗自得意。第二天，主人把慢马送进了屠宰场。"慢马定律"告诉我们：如果你没有了价值，那就离被淘汰不远了。

人生最大的自觉，就是不在工作中混日子。没有人的成功是等来的，一切都是自己努力的结果。只有点燃自己，去追求更加璀璨的人生，才会有"吹尽狂沙始到金"的收获。幸福的人，总能看到自己拥有的东西；而不快乐的人，总是羡慕别人拥有的东西。幸福是感受出来的，不是比较出来的。一场雨，知道了雨伞的重要；一场病，知道了健康的重要。下雨，伞不好借；生病，钱不好借。雨太大，有伞也没用；病太重，有钱也没用。最好是趁雨小的时候找到安全的地方避雨，趁没病的时候找到健康的生活方式。不一样的人，就有不一样的心境；不一样的选择，就有不一样的人生。只有相信自己，做好自己，完善自己，才不会辜负自己的一生。

能管理好自己，就是对自己负责，对你的过去、当下及未来负责。能够管理好自己，是一个人真正的大本事。让健康的心态成为生活的常态。管理好情绪，不要因后悔而增加了失落感；管理好行为，去做更多有益于自己和他人的事情，千万不要陷入精神内耗。什么是精神内耗？简单来说，就是心里小九九太多，自己折磨自己。一个人之所以觉得累，是因为心里装了多余的东西。

耗尽一个人的，除了外在的东西，还有自己在精神上对自己的无谓消耗折磨。所以，要敢于与自己对抗，善于与自己和解，学会自愈。克服精神内耗最好的方式就是理解、接受、放下和改变。人生，不在于走得快，而在于走得稳。我们有多稳，就能做多大的事。只讲求速度的人，早晚会吃大亏。万丈高楼不是一下子就起来的，而是稳稳地打好根基，一砖一瓦构筑起来的。无论走路还是做事，我们都要一步一个脚印。蜗牛走得慢，铁杵磨成针，这些都是放慢脚步，脚踏实地，点滴练习、积累所得。瓜熟蒂落，水到渠成，这是人人皆知的道理。心急吃不了热豆腐，急于求成的人最终做不成事。人必须一步一步慢慢地走，稳稳地走，才能走得最远、收获最多。

天下难事作于易，天下大事作于细。在大事面前，按捺住自己的情绪，静心思考，从容应对。拥有扛住大事的能力，方能拥有直面人生的底气。凡在小事上认真负责、态度端正的人，遇到大的事情都不至于敷衍。生活的蓝图是由小事勾勒的，人生的长河是靠点滴汇集的。把身边无关紧要的事情过滤掉，才能把心思放在更重要的事情上。在大事中提高能力，在小事里磨炼态度，在琐事中放大格局。能力有大小，态度很重要，行动不可少。做好每一件小事，不因一时利益忘记初心，不为暂时得失丢掉原则。大事里藏着一个人的能力，小事里藏着一个人的态度，琐事则可看出一个人的格局。

人生宽心六要素

路不怕远，有网则近。友不悲疏，有言则亲。斯是微信，任君纵横。消息走千里，杂帖转万群。欢聚无饮宴，畅叙有幽情。可以传语音，通视频。无欠费之愁苦，无延时之揪心。彩屏装世界，锦袖藏乾坤。尚书云：何微之有？

友不在多，知心就行。貌不在美，心仁则灵。斯是好友，唯吾真情。遭难舍身救，遇福共分享。彼此存信任，处事有默契。可以同生死，共患难。无争吵之乱耳，无猜忌之劳形。战国廉蔺交，盛唐李孟情。好友云：君交如水。

年不在高，没病就行。子不在多，孝字先行。斯是居室，诗画书琴。夕阳无限好，霞光暖人心。说学逗唱吟，样样我都行。可以浇浇花，散散心。无纷争之乱耳，无病痛之劳形。别人声声叹，我却笑吟吟。旁人云：童心未泯。

　　钱不在多，够花就行。岁不在高，快乐先行。斯为个见，发自真心。钱财身外物，健康值千金。能游多动身，能写且行吟。果蔬鱼蛋肉，样样香，无荤素之纷争，何肥瘦之烦心？我自开心处，乱笔作弹琴。更自云：何忧之有？

　　起居在律，一觉天明。饮食在调，讲究养生。知足常乐，心态和静。副食多果蔬，鱼肉少而精。烟酒莫上瘾，补品宜慎用。可以视病况，看医生。弃有害之嗜好，弃"忽悠"之愚弄。年老人康泰，无欲宽心胸。秘诀语：科学养生。

　　衣不在贵，得体就行。食不在精，益身则行。斯是晚境，信缘随性。喜返璞归真，耻豪华虚荣。欲偿益寿愿，须有好心境。可以览书报，阅世情。避红尘之扰攘，避世俗之纷争。心花开不败，豁达寿年永。常言道：何虑之有？

第七辑

世如棋局变数大

夜深寂静想人生

夜深人静时，躺下来仔细想想，人活着真是不容易，明知以后会死，但是还要努力地活，这到底是为了什么？

复杂的社会，看不透的人心。放不下的牵挂，经历不完的酸甜苦辣。走不完的坎坷，越不过的无奈。忘不了的昨天，忙不完的今天，想不清的明天，最后不知道会消失在哪一天。这就是人生！所以，再忙再累别忘了心疼自己，一定要记得好好照顾身体！

人生如天气，可预料，但往往出乎意料。不管是阳光灿烂，还是聚散无常，一份好心情，是人生唯一不能被剥夺的财富。把握好每天的生活，照顾好独一无二的身体，就是最好的珍惜。

得之坦然，失之泰然，随性而往，随遇而安，一切随缘，是最豁达而明智的人生态度。我们都有缺点，彼此要包容一点。我们都有优点，彼此要欣赏一点。我们都有个性，彼此要谦让一点。我们都有差异，彼此要接纳一点。我们都有伤心，彼此要安慰一点。我们都有快乐，彼此要分享一点。

我们有缘相识，请珍惜生命中遇到的每一个人，开心过好每一天！若干年后，你保持了健康的体魄，还能到处旅游、观景、晨练、登山。孩子高兴地说，老爸老妈太明智啦！

给晚辈最好的礼物是自己的健康！重要的事情再说一遍，请大家记住：给孩子最好的礼物是自己的身心健康。

人生尤其要做好两件事：第一是教育好孩子，不要危害社会；第二是照顾好自己，别拖累孩子。

再过若干年，我们都将离去，对这个世界来说，我们彻底变成了虚无。

我们奋斗一生，带不走一草一木。我们执着一生，带不走一分虚荣爱慕。今生，无论贵贱贫富，总有一天都要走到这一步。到了天国，蓦然回首，我们这一生，形同虚度。所以，我们要用心生活，天天开心快乐。

三千繁华，弹指刹那，百年之后，不过一捧黄沙。请善待每个人，因为没有下辈子。一辈子真的好短好短！

有多少人约定要好一辈子，可走着走着就只剩下了曾经。又有多少人说要做一辈子的朋友，可转身就成为最熟悉的陌生人。有的明明说好明天见，可醒来就是天各一方。所以，趁我们都还活着，好好珍惜身边的人。

不要翻脸比翻书还快，互相理解才是真正的感情，不要给你的今生留下太多的遗憾。再好的缘分也经不起敷衍，再深的感情也不要反复考验。没有绝对的傻瓜，只有愿为你装傻的人。原谅你的人，不愿失去你。

真诚才能永相守，珍惜才配长拥有。有利时，不要不让人；有理时，不要不饶人；有能耐时，不要嘲笑人。太精明遭人厌，太挑剔遭人嫌，太骄傲遭人弃。

人在世间走，本是一场空，何必处处计较，步步不让？话多了伤人，恨多了伤心，一辈子就图个无愧于心，悠然自在。世间的理争不完，争赢了失人心；世上的利赚不尽，差不多就行。财聚人散，财散人聚。心快乐，日子才轻松；人自在，一生才值得！

想得太多，容易烦恼；在乎太多，容易困扰；追求太多，容易累倒。人生如梦，不过百年光阴。百年之后，俱化作尘埃。世间一切，仅是路过，一切都不属于你。

好好珍惜遇到的光阴，昏风背后骤，沟坎脸上增，紧逼生命每一天！人生只有尽心、随心、开心，因为没有来世！

人往前走苦退后

和一个能让你变得更好的人在一起很重要，而和一个能让彼此都变得更好的人在一起，更为重要。你跟他在一起感觉是安全、放松、愉悦的，让你感受到生命的意义和生活的乐趣，你很想多和他相处。而情绪多变，容易悲观、畏惧、喜欢抱怨、看什么都不顺眼的人，带有很多的负能量，你跟他在一起时缺乏安全感、关系紧张，有时处于防备状态，你觉得有被利用、压抑和恐惧的感觉。自己的能量衰弱，身心不舒服，自己被挑剔、挑战和被攻击，你会很想快点结束那场谈话或相处，很想从他身边抽身避开。跟负能量的人相处久了，自己也容易失去正能量。

假如你认识到自己的正能量不足以抵御负能量，要先学会远离负能量。就像心理医生自己的心理素养不够强大时，就很容易受患者的一些心理疾病所影响。要想可持续地释放正能量，就要和有正能量的人在一起，一边吸收正能量，一边释放正能量。收放之间，生命恒新。

人的一生有起有落，既能享受生活的精致，也能承受命运的不顺。谁也不知道命运的风浪何时来袭。顺境时讲究，是对生活的品位和态度；逆境时将就，是一个人的气度和胸怀。最好的人生，既可以高处，也可以低就；既能享受生活的馈赠，也能承受命运的击打，把好的坏的，都当成人生路上的风景。就像车在路上行驶一样，车速的快慢以及舒适度全取决于配置。不合理的配置，会慢慢拖垮前行的脚步；恰到好处的组合，才能让车子高速平稳地向前飞驰。每个人都是自己生活的设计师，善于规划，懂得调整，定能找到人生的最佳模式。面对困境，若只想，都是问题；做，才有答案。那些忙着实现目标的人，没有太多时间焦虑；那些不断为梦想付诸行动的人，内心会很充实。行动没有早晚，只有何时起程。一身素衣走走看看，一颗素心浅浅淡淡。去寻新萍点点，去看榴花欲燃，去尝瓜果香甜，去会会这个想念已久的夏天。

夏意正悠长，夏味亦绵绵。宜赏花听泉，宜品茗闲谈，宜积极乐观，宜宁静致远。奔波于尘世间，纷扰忙碌谁都难免。无论何时，怀颗感恩欢喜之心，跟随着季节的脚步缓缓向前，亲草木，近自然，知进退，修内涵。知足的人生最幸福，懂得的遇见便温暖。

　　人向前走，苦才退后。迷茫的时候，无论往哪个方向走，只要不停下脚步，总会找到出路。当走过这段时光后，回头再看，会发现自己远比想象的强大，生命早有了抵御绝望的力量。人生没有白走的路，每一步都算数！真正的自由，是能用灵魂和意志去指挥肉体的自由。自律的人不一定能成功，但成功的人一定是自律的。在自律中得到了自信，然后再坚持。一个人顶级的修养，是在人生起伏不定的时候，依旧保持内心的平静，保持自己的素质，保持对他人的关心。

　　人生是一场觉醒的过程。觉醒的程度不同，达到的境界也就不同。能够反省并改变自己的人，都是生活的强者。突破原有的认知，打破固有的思维，改变惯有的习性，灵魂才能升华，境界才会提升。人生之事，总是难以预测，与其执着改变，不如顺其自然。生活就是一面镜子，理解他人，就是原谅自己，善待别人，就是净化自己。

　　每个人的觉醒，都会经历三个过程：开始反省自己，然后懂得敬畏，最终领悟真理。只有不断突破觉醒，才能获得真正的自由，从而掌握自己的命运。人生在世，可以打败自己，也可以成全自己，只要这一秒不放弃，下一秒就有可能会出现奇迹。

　　变强大不是意味着要成为一个强势的人，而是变得更加从容，当生活失去掌控的时候，不再感到紧张、焦虑，而是对自己多了一份笃定。知道任何事情只要毅力不减弱，办法总比难题多，坚信自己一定可以解决，这才是真正的强大。人生的许多成败，不在于环境的优劣，而在于定位的正确与否；人生的许多空虚，不在于人身的孤独，而在于心灵的寂寞；人生的许多辉煌，不在于狂热的宣泄，而在于冷静的凝结！

　　人生的旅途上，总会有苦难中的辉煌、幸福中的苦恼、奋斗中的挑战、工作中的竞争、相处中的误解、天性中的猜疑、进步中的嫉妒、生活中的磕绊、健康中的毛病等等，这些都是生存中的常态、前行中的动力和成长中的财富。没有苦难的人生，哪来灿烂的辉煌。我们要坚信，再暗的夜也会迎来朝阳，再高的山也会被踩在脚下。世上没有平坦的路，只有认真走路的人。只要迈步，路就在脚下；只要攀登，顶峰就在眼前；只要扬帆，彼岸就能到达。不经风雨，长不成大树；不受磨难，成不了大业；不尝尽苦头，哪能为上人；不去奋斗，圆不了梦想。

强装成熟会露馅

在当下快节奏的世界里，有人马不停蹄，想要赶赴每一场繁华；有人焦虑不安，急于爬上人生的巅峰。结果事与愿违，欲速不达。越是身心俱疲，越是事与愿违；越是平静如水，越是能明辨是非、勇毅前行。

有人说：我们不是因为年老而停止玩乐，而是因为停止玩乐才会变老。玩乐对于生命的任何阶段都是极其重要的。这种玩乐并非简单的玩耍，而是正确的娱乐和追逐梦想。正确的娱乐可以帮助我们释放压力，保持乐观的心态，更好地面对生活，更加健康长寿。追逐梦想可以满足我们的成就感，让我们不断进步，永葆青春活力。人生的路有多长，只有健康能丈量。

最酷的人生从来不是一帆风顺，而是穿越了惊涛骇浪后，灿烂地说："很难，但我走过来了。"找到前行的力量，成为更好的自己。生命里的每件事，应该是从喜欢里面得到力量和快乐，而不是花光所有的力量和快乐去喜欢。引路靠贵人，走路靠自己。经济独立和人格独立可以让你抵挡很多东西。

其实让人崩溃的东西很简单：说话的语气、不耐烦的情绪，都是像芝麻一样的小事。牢骚太甚，于事无补。不如笃实干活，蓄势寻机而起。子曰："不患无位，患所以立；不患莫己知，求为可知也。"人凭什么让人刮目，才是最重要的。同一棵树上的种子，被大风一吹，有的掉进粪池，成了肥料；有的落在背阴贫瘠地上，长成了歪脖小树；有的落在向阳肥沃地上，长成了栋梁之材。五指有长短，缺一不成拳。善用人者，用长避短，则长者愈长，短者愈短。不善用人者，求全责备，则只见人短，无人可用。

海纳百川，有容乃大。月盈则亏，水满则溢。人生之险，尤在春风得意。谤随名高，古之信诫；荣者多辱，世之常理。权柄在握，恭维者众，日久易骄，骄则不能自明。任劳任怨理应当，怨天尤人不可为。若以怨对怨，则怨上生怨。任劳任怨者，须坦然淡定，以静制动。风过双肩，无使挂碍，假以时日，是非自明。

不管与什么样的人相处，一个人的内心，往往都是本能地渴望对方的真情与实意，渴望对方的一副好脾气。一个人在生活中只有懂得收敛自己的脾气，才能慢慢积聚更多的福气，当福气来了的时候，人生才能顺畅许多。在人生道路上，坏脾气只会使你加速出局。做人要大气，稳住脾气，处事和气，方能接得住福气。

时间真是个奇怪的精灵，如果你运用得当，它可以验证真理，见证错误，懂得放下，明白是非，若你还有什么不解，它可以回复你。没有解不开的难题，只有解不开的心绪；没有走不过的经历，只有走不出的自己。想开了，明白了，放下了，也就快乐了。

生活是无尽的征程，朝阳升起之时便开启全新的故事。不沉浸于昨日的得失，用奋斗创造新的美好。在你出发之前，永远是梦想；当上路之后，永远是挑战。很多时候，我们不是欠缺成功的筹码，而是欠缺足够的自信。所有的路，只有你脚踩上去了才知其远近和曲折。懂得管理时间的人，往往收获更多。在精力最好的时间里做最重要的事情，这样才能让自己不断成长进步。你的时间花在哪儿，人生的花就开在哪儿。

生活一半是柴米油盐，一半是星辰大海。也许极尽琐碎，却依然有我们需要的美和温暖。我们要做一个独立坚强的人，不辜负每一场花开，活得像花一样热烈。心有诗意，眼有星光，心怀温柔，独立清醒，愿时光里的我们都无恙，一切如愿以偿。

人就是从年轻走到中年，从中年走到老年。年轻时要看远，中年时要看宽，老年时要看淡，这是三种修行，是三种取舍之道，也是人生的三重境界。风景，因走过而美丽；人生，因行进而精彩！人与人之间，就是一种缘分；心与心之间，就是一种交流。对与对之间，就是一种沟通；错与错之间，就是一个原谅。人人都有自尊、苦衷，都有自己的想法、理念、做法，出生环境不同，活法就不同，无须去要求或者改变别人，做好自己就可以。

人之所以快乐，并不是因为拥有的多，而是因为计较的少。乐观的心态来自宽容，来自大度，来自善解人意，来自与世无争。人生没有完美，想通了、想开了就是完美。从某种意义上说，世间一切都是遇见。冷遇见暖，有了雨露；冬遇见春，有了岁月；天遇见地，有了永恒；人遇见人，有了生命。

一个人是否过得幸福，要看他怎么对待自己当下的生活，让自己真正快乐起来。因为心态好了，一切就都顺了，想要的幸福生活便会自然而然地到来。老子说："知足不辱，知止不殆，可以长久。"春华秋实，夏育冬藏，万物生长只有遵循自然的规律，天地才会长久。人要学会顺应自然迭替。从青春到暮年，万事随缘。花看半开时最美，人生小得盈满便是好。否则，凡事太过，便会适得其反。不究过往，不畏将来，安住当下，让生命有闲趣，懂取舍，知足常乐！

最难寻交是诤友

生活既要尽心，也要随心，既要决心，也要开心。未来，一半烟火谋生，一半清欢谋爱，平淡生活，热爱自己。过去的事，交给岁月去处理；将来的事，留给时间去证明。我们真正要做的，就是牢牢地抓住今天，让今天的自己胜过昨天的自己。

好的生活方式，是和有志向又努力的人一起奔跑在理想的路上，回头有故事，低头有脚步，抬头有远方。相信追逐阳光的人，总会收获到滋养，追逐快乐的人，也会收获到愉悦。最好的时光是无论你到了哪个年龄段，依然对自己有要求，依然觉得自己还在发光。鸟无翅膀不能飞，人无志气无作为。如果给自己一点压力，也许会发现自己比想象的更优秀。假如再有永不放弃的精神，全力以赴的态度，你会惊叹于自己也能创造奇迹！

言必信，行必果，诺必诚。做人之道，就是言出必行，一诺千金。信用是一个人最好的社交名片，不透支自己的信用，才会把路越走越宽。无论友情多么深厚，都要有分寸感，不能透支彼此的情谊。最幸福的日子，不是大手大脚肆意挥霍透支，而是在自己的能力范围内，活得精致。人这一辈子，除了生死都是小事，底线就是生命线。多少人透支底线，声名败坏；多少人违背道德，误入歧途。耐得住诱惑，守得住底线，是处世的原则，也是成功的法宝。底线，是一个人的气节，更是为人处世的根本。不透支底线，活得心安，受人尊重，就是人生最大的成功。

"素友"，指真诚纯朴的朋友。这样的友情，恬静自然，如清溪般明澈，似月华般清朗，没有负担，没有亏欠，云淡风轻般地让人轻松惬意。在漫长的人生岁月里，朋友很多，朋友是有荤素的，荤朋友就是那种歃血为盟的，喝酒吃肉的，拉帮结派的。素朋友却有讲究，且面很宽泛，诸如学问、爱好、信仰等都可以成为联结友情的纽带。素友是指情谊纯真的朋友。真诚的朋友之间，交往纯洁，友情显得纯朴。一个人生活在社会中，生活在各色的圈子里，朋友是缺不了的，但也得讲究荤素。荤素并非正负之别，也不完全关乎对错。朋友荤素都要有。

"诤友"，就是勇于当面指出你的缺点错误，敢于为"头脑发热"的朋友"泼冷水"的人，真正的诤友是一生的财富。诤友之所以可贵，就在于他们能以高度负责的态度，坦诚相见，对朋友的缺点、错误绝不粉饰，敢于力陈其弊，促其改之。诚如古人所说："砥砺岂必多，一璧胜万珉。"意思是说，交朋友不在多，贵在交诤友。如果人们能结识几个诤友，那么前进的道路上，就会少走弯路，多出成果，事业发达。然而，在各种这样的人士中，最难结交的便是诤友。

酒，喝不出朋友；烟，抽不走寂寞。诉，换不来同情；怨，变不了命运。炫，带不来幸福；喷，解不了饥渴。生当有鸿鹄之志，命应有不屈之心。勤奋者，仅有失败，没有失望；懒惰者，仅有失望，没有失败。成功者，仅有放下，没有放弃；失败者，仅有梦想，没有真想。拼搏者，仅有挫折，没有挫败；颓废者，仅有悲观，没有悲伤。放纵者，仅有放松，没有放心；自律者，仅有汗水，没有"油水"。在最好的岁月里，只有努力才能做最好的自己；在奋斗的岁月里，只有坚持才会有翻身的机会；在复兴的岁月里，只有担当才能创造奇迹。努力永不过时，向前才有风景。奋斗永不停歇，赓续才有希望。

诤友的话可能不悦耳，但如同清醒剂。人生的哪一步都少不了提醒你的人。走一步有一步的风景，进一步有一步的成就。善待他人，可以让人生走得更远；善待自己，可以让生命活得滋润。无论是善待谁，其实都是温暖在流转，都是爱在延宕，最终，施及别人，惠泽自身。老子说："挫其锐，解其纷，和其光，同其尘。"不露锋芒，消解纷争，含光敛耀，混同尘世，是玄妙齐同的境界。此境界即为心柔无锋芒之意，话柔无锋芒之言，行柔无锋芒之感，与世无争，自然消解纷争。有此境界，能诚心尊重人，柔心解读人，善心理解人，虚心包容人。能以出世心态做入世事业。内无锐气外无纷争，和光同尘柔性处世。

素友和净友，如同太阳和风。太阳和风争论谁厉害，可是谁也说服不了对方，最终他们约定，谁先让路人把衣服脱下来，谁就最厉害。接下来，大风鼓起腮帮子使劲地吹，可是越吹，路人把衣服裹得越紧。太阳却把阳光温柔地洒在路人身上，越来越暖和，慢慢地行人竟主动把外衣脱了下来。原来，做人做事，柔善比强压逼迫更有力量。太过强硬，往往适得其反。日日行不怕千万里，时时做不惧千万事。在平淡琐碎里，在不断坚持中，生活不知不觉就变了模样。成功，就是由无数条经验教训积累起来的。一生相伴，各种路人，一个也少不了！

世如棋局变数大

唯有百炼，方能成钢。当你把热爱的事做到极致时，你终将发现：踏实做好自己，就是了不起。以一颗匠心踏实学习，做好深耕，直至获得真才实学，成为顶尖能手。

人生路上，每个人的境遇都不尽相同。有人越来越成熟、有魅力，心境澄澈，如山岳湖海般坚实广博。也有人碌碌一生，只长年龄、不长心智，抱怨自己没有遇到好机会。造成这种差别的原因就在于是否真正懂得自省。学会从自己身上找原因，是一个人变强大的开始。

成功，就是由无数个努力的瞬间积累起来的。最慢的步伐不是跬步，而是徘徊；最快的脚步不是冲刺，而是坚持。光而不耀，静水深流。慢慢努力、慢慢累积，我们就能推动自己的人生独自向前。

　　许多事实验证，如果你合群了，你就要消失了。所以，独来独往，并不是没有与人相处的能力，而是没有逢场作戏的兴趣。欲成大器者，不可钻营投靠，亦不可轻信他人投靠。世如棋局，时有变数。今日若有投靠，明朝必定背叛。投靠是背叛的开始，背叛是投靠的终结。盲目合群是平庸的开始，金子在沙滩上也能熠熠生辉。

　　另类不入流的人总是遭到嫉妒与排斥。有人孤立你，证明你有个性；有人嫉妒你，证明你出众；有人诋毁你，证明你优秀；有人议论你，证明你有味道。猛兽总是独行，牛羊才会成群结队。把世事看得太透彻的人，注定是孤独的，因为你懂的越多，懂你的人就会越少，就离别人越远。别人在等伞，而你在等雨！

　　没必要和别人争辩，或违心地附和。在乌鸦的世界里，大雁是有罪的。认知不同，所处的角度不同，做好自己就好！有思想的人，到哪里都不合群。越会思考的人，越忠于自己。不是说合群不好，但是，物以类聚，人以群分。大海退潮之后，沙滩上就出现了各类物品。

　　认知不同，思想不在一个高度和层次，微笑就好。即使被别人讨厌，也毫不在意，这才是王者的自由。不是所有的鱼都会生活在同一片水域里。不适合自己的圈子，硬挤进去，只是自寻烦恼、浪费时间，彼此显得尴尬。不争，便是心平；不辩，便是智慧；不闻，便是清净；不见，便是不烦。

当一个人变得不愿多说话，不强融入不合群的圈子时，意味着他领悟了人生真谛，不做别人嘴里的食物，只在自己心中修行。撞过冰冷南墙，熬过孤独彷徨，习惯了人走茶凉，见识了人心难防。笑容在撒谎，泪水在投降，内心在受伤，嘴上在逞强，百般滋味自己尝，万般痛苦自己咽。成长，本就是一个痛苦的过程！

一杯清水因滴入一滴污水而变污浊，一杯污水却不会因一滴清水的存在而变清澈。马在松软的土地上易失蹄，人在甜言蜜语中易堕落。世界没有悲剧和喜剧之分，如果你能从悲剧中走出来，那就是喜剧，如果你沉湎于喜剧之中，那它就是悲剧。真正的朋友不是在一起有聊不完的话，而是即使不说一句话也不觉得尴尬。时间是治疗心灵创伤的大师，但绝不是解决问题的万能钥匙。宁愿做过了后悔，也不要错过了才后悔！

有一位僧人问："你觉得是一块金子好，还是一堆烂泥好？"求教者说："当然是金子。"僧人哈哈一笑说："假如你是一颗种子呢？"这个故事告诉大家，你如果是一颗种子，金子再多，也不会让你长大发芽。你是一颗种子，就会选择泥土，它会让你得到更多。世界上没有绝对的好和坏，适合你的才是最好的。

你得选择一条走向自己的路，做那个独一无二的自己，把自己放在生活的中心，而不是取悦、迁就、讨好别人。你本身就很优秀，别低头，王冠会掉。人生一辈子，无论你怎么活，活成什么样子，总有人喜欢，也总有人不喜欢，众口难调，不可能做到人人都满意。不要和重要的人，计较不重要的事；不要和不重要的人，计较重要的事。

很多时候我们做事无须让人理解，只需尽心尽力就好。做人也不必讨人喜欢，只需问心无愧就好。你只管做好自己，其他的交给时间。你若平和，无人能打扰到你；你若无视，没人能影响到你。

如果有人跟你说西瓜是甜的，你只需要对他说，是的，那你多吃点。时间宝贵，不必争辩；精力有限，不能随意损耗。但凡让你感觉疲于维系的关系，直接断了就行了，不要为难自己，不用勉强合群。

人是一种群居动物，如果一个人真正成了一座孤岛，随波逐流成为一种习惯时，变得平庸也不足为奇了。从千丝万缕的社会关系中抽身出来，发现自己，活出自己，成就自己，也许这才是人生来一趟的真正意义。

混入大众，失去自己很容易，保持自我，成就自己很难。远离任何消耗你的人和事，多看一眼都是你的不对。

为什么人越长大，越喜欢沉默？因为有些人无话可说，有些话无人可说。很多时候，我们选择沉默，不是因为处理不好复杂的人际关系，而是看透了人际关系的淡漠与脆弱，并不是没有与人相处的能力，而是没有逢场作戏的兴趣，比起一群人的热闹，更喜欢一个人自娱自乐。真正的智者，懂得把嘴巴闭上，把精力留给自己，专注于自己的行动，深耕自己的能力，在默然独处的时间里，自我探索，暗自承担，活出自己独有的价值。

看穿世事心就安

最近读到一段很滋养人的话："当我真正开始爱自己时，我睡得越来越早，也越来越喜欢锻炼。我不再纠结和焦虑，变得自信满满地去追求有意义的人和事，并为之燃烧自己的热情。我发现，人生才真正开始。"

如果有一天，你不再寻找友情，只是去见见他人；不再渴望成功，只是去做自己；不再追求空泛的成长，只是开始修养自己的性情，那么你的人生才算真正开始。

生活是自己的，日子不是过给别人看的，请把你自己的感受置顶吧。想穿什么衣服就穿，想吃什么东西就吃，只做自己想做的和该做的事情。学会取悦自己，好好善待自己，以欢喜心过生活，以温柔心除挂碍，尽情地去享受人生的每一个瞬间。生活的甜是可以积攒的，就像揣在兜里的糖。如果感到苦，就吃一块，然后重整旗鼓，继续向前。生活总是会有起起落落，但希望你总能穿透黑暗，看到光芒。生活会在你的努力下，一点一点变甜、变可爱。

你拥有青春的时候，就要感受它，不要虚掷你的黄金时代，不要去听枯燥乏味的东西，不要设法挽留无望的失败，不要把你的生命献给无知、平庸和低俗。活着，把你宝贵的内在生命活出来，什么都别错过！

要知道，我们不会再比今天更年轻了。过于在意的东西，永远都在折磨你，抓不住的东西，连伸手都是多余的，有时候明智的放弃胜过盲目的执着。专注自身，提升自己，不断让自己变得优秀，然后通过自己的努力过上理想的生活，这才是你最重要的事情。都说越努力越幸运，只有足够努力，才会足够幸运。你不一定要逆风翻盘，但一定要向阳而生。

余生宝贵，你可以把时间分给书籍，分给睡眠，分给运动，分给花鸟树木、山川湖海，分给你对这个世界的热爱，而不是将自己浪费在不必要的人和事上。当你开始做时间的主人时，你会感受到平淡生活中喷涌而出的不平静的力量，至于那些焦虑与不安，自然会烟消云散。去靠近那些你喜欢的人，去做那些你热爱的事，把面前的路走得风生水起，把平常生活过得有滋有味！人生，不是活得像别人，而是努力之后，活得更像自己。愿我们都能在最好的年龄活成最好的自己。

身不苦则福禄不厚，心不苦则智慧不开。世人只知道凤凰可以重生，却忽略了它在烈火炼狱中挣扎的环节。

使人成熟的不是岁月，而是经历。植物的成熟，是状态的演变；人生的成熟，是意识的提升。岁月，变得了江山与容颜，却无法让人心自然地成长。人生的境界，只有在经历之后，才能领悟了多少，就有多少成长。敢于闯荡，敏于领悟，少年也英雄；若虚度光阴，心智不开，年龄再大也必成愚人。谁都害怕失去，但人生的真相是，没有人能够不经历失去，而且往往是你越怕失去什么，越会失去什么。所以，"失去"恰恰是一种生活的磨炼和修行，是老天给我们的考验。它让你不再小心翼翼，患得患失，让你逐渐变得成熟淡定，内心坚韧，勇敢地直面人生，做真正的自己，以得之坦然、失之淡然的态度去面对人生中一切风雨和得失。

心诚交真友，品正遇贵人。"人"字一撇一捺，做人一生一世。人一辈子，不管生活有多难，世态有多少变迁，都要懂得做人真诚之道。真诚的人，容易走进心里；虚伪的人，很快淡出视线。做人不做作，不敷衍，就是本真；做事不虚伪，不滑头，就是真诚。任何虚伪、圆滑、世故，都抵不过时间的考验，只有真实、真诚，才经得起岁月的提炼。

谁也不傻，你是不是真心，其实别人都知道。真诚，不是一件漂亮的外衣，也不是一个随时可以戴上的面具，而是相伴终生的人格力量。你诚，别人更实；你虚，别人更假。为人处世，唯有报之以诚，才能撼动这个世界。别人笑我太疯癫，我笑他人看不穿！

世上没有救世主

成功像是一把梯子，双手插在口袋里的人是爬不上去的，只有努力向上爬的人，才能到达顶峰。没有一条路是直路，也没有一种努力是无用的，生命的精彩从来都不是以结局论断好坏。不是所有的奋斗都会有一个让你满意的结果，但每一个奋斗的过程都会让你变得与众不同。

人的遗憾并不在于没有成功，而在于从未尝试。保持无畏的勇气，有好的机会就去尝试，有未实现的梦想就去追寻。命运总是眷顾那些怀揣梦想又敢于追梦的人。有的人之所以能够一路顺风顺水，不仅仅在于他们的聪明、勤奋，还在于他们对人性的洞察，他们懂得什么叫见人行事，什么叫恰如其分，什么叫不偏不倚，什么叫见好就收。一句话，他们能够把握做事的分寸。

生活可以是甜的，也可以是苦的，但不能是无味的。只要开心，生活怎么过都行。努力应该是一种习惯，而不是一时兴起，这样你才可以有底气说，得到的从来不是侥幸。漫漫前行路，还有许多风光等待着你去享受，别去计较你现在付出了什么，别去怀疑你现在有没有收获，当你全身心地投入你喜欢的事业时，一切美好的结果都会在你未来的时光里给你最完美的答案。

万般皆苦，唯有自度。人生有三度，度人也度己！人生在世，做任何事情都会经历困难、受尽苦楚，只有依靠自己，才能解决问题、渡过难关。简而言之，就是自己的苦难，不要指望别人来帮，只有自己帮自己，才能度过苦难。生活不是等待风暴过去，而是要学会在风雨中昂首闯荡。人生的长河起起伏伏，痛苦与快乐交织，每个人都是生命的摆渡者。高处时度人，低谷时度心，迷茫时度己，才是真正的智者。

人生的道路，有宽有窄。有的路，是用脚去走；有的路，是用心去走。时间能给你的，仅仅只是时间，没有任何答案，想要答案就只有靠自己去不断寻找，属于自己的路只有自己走过才知道！坚持走下去路就渐渐清晰。人生的奔跑，不在于一瞬间的爆发，而取决于途中的坚持。你纵有千百个理由放弃，也要找一个理由坚持下去。

生活太忙，生命太短，握清欢在手，掬淡泊于心。忙累了，就歇一歇，随清风漫舞，看绿植摇曳。走急了，就缓一缓，和自然对话，和自己微笑。生活有序，心自无忧。生活没有绝望，只有想不通；人生没有尽头，只有看不透。对于任何人来说，从弱小到强大的标志其实只有一个，那就是敢于摆脱任何依赖，学会对自己负责。

一个人内心的强大往往是对现实生活的理解，也是对自我局限的打破。年轻的时候，我们可能会觉得父母是我们最重要的依靠。但是等到真正成熟与内心强大了，你才会知道，你有多依赖别人，你就有多弱小。敢于摆脱对任何人的依赖，尤其是对身边亲人、朋友、领导的依赖，你才能走向内心的强大。一个人最终要明白，促使我们成长的是内在的驱动力，是那个想要变得更好的自己，而不是别人。当一个人敢于摆脱对别人的依赖时，从某种意义上来说，就是内心强大的表现，深知自己的人生就要活出自己想要的样子，而不是别人心目中的样子。要摆脱对任何人的依赖，实质上就要学会对自己负责，敢于承担生命中任何的决策。对自己负责，就是学会坦然承担每次选择所带来的结果，并从每次结果中去吸取成长的经验，我们内心渐渐就会变得笃定与心安。

有一种坚强叫放下。放下是解脱，更是智慧。放下贪欲，赢得平顺；放下期待，赢得从容；放下固执，赢得豁达；放下苛求，赢得美满。料峭春风吹酒醒，微冷，山头斜照却相迎。回首向来萧瑟处，归去，也无风雨也无晴。世上有很多值得我们珍惜的东西，但是最值得珍惜的就是人的生命，因为它独一无二，因为它精彩，因为它脆弱。就是因为有各种各样的生命存在，才让我们觉得这个世界充满了美丽和神奇。不经一事，不长一智。时间，是最好的过滤器；岁月，是最真的分辨仪。

千万别跟自己过不去。人生苦短，最紧要的是开开心心过好剩下的每一天。当人觉得自己特别正确时，其实就已经错了。有时候我们发现自己被困原地、裹足不前，其实这时候离目标只差一点点距离，只要再坚持下去，就能抵达想去的远方。真正有价值的事情，都不是轻松舒服就能完成的。那些晨间的寂静，不眠的星光，清醒的克制，孤军奋战的坚持，暗暗许下的承诺，都是努力埋下的伏笔。无论正在经历什么，都请不要轻言放弃，因为从来没有一种坚持会被辜负。所谓的光辉岁月，并不是后来闪耀的日子，而是在无人问津的时光里，你依然没有放弃梦想。

聪明来自多历练

一个人在乎得越多，活得也就越累。不要为了别人而改变自己的生活，不要因为别人的看法而盲目随从。你的快乐不是因为你拥有的多，而是因为你计较的少。整天担心别人对自己的看法，你就会活得很累。其实只要你每天做到尽心尽责，时机成熟时，岁月统统会回报给你。岁月如梭，不要浪费自己的日子，要充实自己的生活，让自己变得更加美好。

你不为别人遮风挡雨，谁会把你举过头顶？人这辈子，永远都是相互的。牵挂你的人，才会联系你。在意你的人，才会问候你。想念你的人，才会打扰你。关心你的人，才会惦记你。真心很贵，别逢人就给；感情很重，别轻易卑微。没用的东西，再便宜也不要；靠不住的人，再孤独也不要依靠。因为心这东西，给对了就是无价，给错了一文不值！如果你想和一个人拉近关系，最有效的方法，就是不矜己之长，低调，再低调些，切勿炫耀。

一部车的价值不在于它跑得多快和有多贵，而是在紧急情况下能否刹得住，好坏取决于安全性。一个人的价值不仅在于为社会和大众带来财富，更重要的是在成长的过程中能战胜自己，快乐他人。别高估了人性，在利益面前，很多固有的东西都是会变的。逆境顺境，全在心境。低姿态，就能大有所为；有志趣，就能顺心如意；不设限，就能精彩无限。早起十分钟、拒绝熬夜、改掉拖延……这些看起来都是很普通的改变，但时间长了，普通的改变也能彻底改变你。因为从决心变行动，从更好的那一刻开始，我们就已经与全新的自己不期而遇了。只要你肯用心，生活无论何时都不会亏待你。在起落之间，保持如风的心境，既要有奔赴未来的孤勇，也要有顺从烟火的从容；既能仰望星空，亦可听风入梦。内心澄澈丰盈，生活随心尽兴。

树，也许不能决定自己长在哪里，但它可以决定自己的枝根往哪处延伸。人也一样，虽然无法决定自己的出生，但可以决定自己往何处成长。当你足够了解自己之后，就会知道自己想要做什么，喜欢过什么样的生活，然后自然会主动去寻找适合自己发展的道路。每一次遇到争执、困难、挫折，都把它当作是成长中的一种修行，这样就能够坦然接受。尽量地学习，尽量地尽力，尽量地旅游，尽量地做自己喜欢的事情、靠近喜欢的人，人生就是这么简单。

计较后面是痛苦

人如果没有远大目标，一辈子一事无成。志存高远，并为之奋斗，即使最后不能全部实现，也仍然能无限地接近它。坚定笃求，不忘凌云壮志，砥砺前行，实现自我价值。人生的幸福，一半要争，一半要随。争，不是与他人，而是与困苦争；随，不是随波逐流，而是知止而后安。争，人生少遗憾；随，知足者常乐。最怕该争时不争，该止时不止，总在纠结中痛苦着。随遇而安，随缘而止。人世无常，旦夕祸福。平安健康就是最大的财富。

人生的道路曲折漫长。逆境时，切记忍耐；顺境时，切记收敛。得意时，切记看淡；失意时，切记随缘。心情不好时，当需涵养；心情愉悦时，当需沉潜。如此人生皆含妙理，皆得妙乐。

人的成长没有捷径，该走的程序一步都不能少。我们只能按照该有的节奏，努力做好当下，不追不赶，不急于求成，不焦躁不安，想要的，才会如约而至。机遇，抓住了就会成功，错过了就会失败。书籍，学习就是知识，没看就是废纸。理想，努力了叫梦想，放弃了只是妄想。努力，虽然未必会有收获，但放弃就一定一无所获。再好的机会，也要靠人把握，放手去做，执着坚持。晨起暮落是日子，奔波忙碌是人生。不管风雨有多大，前方一定有晴天！

与其羡慕别人，不如肯定自己，每一个人来到世间，都是一个独特的坐标和风景。别人所拥有的，你不必去羡慕，只要你努力，你也会拥有。自己拥有的，你不必炫耀，因为别人也在奋斗，也会拥有。努力最大的意义在于谋求更多的选择权，储蓄更多的安全感，让内心不失控，生活不失序。熬得住无人问津的寂寞，才配拥有诗和远方。其实一直陪着你的，都是那个了不起的自己。愿在漫长的岁月里，将自己活成自己最强大的依靠，懂得感恩，保持清醒，保持独立！即使平凡的日子，我们也要努力往前走，把生活过成美好的节奏。生活不会亏待你，更不会辜负每一个想要努力奋斗的人！

人不能怯懦，但不可不知敬畏。要敬畏自己的对手，不要和愚蠢硬碰硬。要学会低头，败而不耻。看人之短，天下无一可交之人；看人之长，世间一切尽是吾师。择其善者而从之，其不善者而改之。慎独则心安，主敬则身强。求仁则人悦，习劳则神钦。

积德无须人见，行善自有天知。人为善，福虽未至，祸已远离；人为恶，祸虽未至，福已远离。行善之人，如春园之草，不见其长，日有所增；作恶之人，如磨刀之石，不见其损，日有所亏。福祸无门总在心。作恶之可怕，不在被人发现，而在于自己知道；行善之可嘉，不在别人夸赞，而在于自己安详。日日行善，福虽未至，祸自远矣；日日行恶，祸虽未至，福自远矣。活着，就是一种心态。你若觉得快乐，幸福无处不在；你为自己悲鸣，世界必将灰暗。是非常有，不听当无；祸福相依，顺其自然。行善，福必近；为恶，祸难远。任何一次助人为乐的善行，都是完善自我、积累福报的机会。只要心存善念，多行善事，我们就是自己最重要的贵人。

人生，有多少计较，就有多少痛苦；有多少宽容，就有多少欢乐。痛苦与欢乐都是心灵的折射。就像镜子里面有什么，决定于镜子面前的事物。懂得宽容，人生的路才会越走越宽。心存美好，则无可恼之事；心存善良，则无可恨之人。做好人，身正心安魂梦稳；行善事，天知地鉴鬼神钦。

凡事顺其自然，遇事处之泰然。得意之时淡然，失意之时坦然；艰辛曲折必然，历尽沧桑悟然。饮清净之茶，闭是非之口；结悟道之友，做行善之人。一心向善，就是积德；为人行善，就是积福。善良的人，吃亏上当只是一时，福气会在后面降临。上天不会辜负每一个善良的人。不管别人怎么对你，不管曾经经历什么，都不要改变你的善良。因为善良的人，上天会庇佑，福气会追随。

人不开心要寡言

当你遇到不开心的事的时候，就应该少说话，甚至是不要说话，静观其变，让这个事情自然而然地发展。

飘风不终朝，骤雨不终日，就是说无论多么狂的风刮不了一天，无论多么大的雨下不了一晚上。狂风暴雨就是那一会儿，很快就过去了。天地之间的这些事情都是这个规律。任何事情，过一阵，它就朝着另外的方向转换了，何况我们人间这点事呢？所以说，当你心情不好的时候，特别烦躁、近乎崩溃的时候，要迅速调整心态，转移思维目标。

当你快乐时，你要想到你这个快乐不是永恒的；当你痛苦的时候，你也要想到这个痛苦不是永恒的。中国古人讲究独处习静。独处习静是一种修养，也是处世的哲学和智慧。很多时候，我们与不合适的人相处，就像是穿不合脚的鞋子。你再硬塞，其实最后硌的是自己的脚，痛的是自己的心。无论与谁相处，不求人人满意，但求问心无愧。不是你的，绝不苦苦纠缠，反正那些离去的，都是风景罢了，唯有那些留下来的，才是有意义的人生。

能在污浊的环境中坚守自己，宁可自己受损失也要对得住良心。人有善愿天必从之，最终才能历经风雨后守得云开。很多人也许开始的时候有自己的坚持，也知道自己的坚持是对的，但在俗世中经历久了，就心不甘情不愿地慢慢被同化了。那些始终坚持按正道行事的人，是难能可贵的少数人。当你始终保持良知时，老天必定会善待你，因为善者得善。这个老天，就是因果律，当你坚定不移选择良善时，种下的善因，迟早会结出善果。

每个人身边都环绕着一个磁场。无论你在何处，磁场都会跟着你，而你的磁场也吸引着相同磁场的人和事。磁场看不见、摸不着，却决定了我们遇见谁、离开谁。朋友不是靠维系的，是吸引来的。朋友应该懂你的精神世界。在情商、智商或者专业领域上，不分伯仲的那种人，才能成为更长久的朋友。人与人之间最好的关系，永远是磁场相吸，同频共振。人要活得简单一点，跟谁在一起舒服就和谁在一起，累了就躲远一点。长久的情谊，都是舒适的。相处不累，才能久处不厌。

艰难时，改变心态。一路走来，或多或少，我们都会有艰难的时刻，身处逆境，举步维艰。但境随心转，换个角度看问题，换个心态过当下，生活就过得行云流水。欢喜心过生活，心若向阳，乐观向上，便可无惧悲伤；平常心生情味，看淡得失，看轻成败，何愁岁月沧桑。柔软心除挂碍，灵活处世，适时转弯，定然通透豁达；从容心品百味，随遇而安，顺其自然，就能落落大方。

在这个世界上，凡事不可能一帆风顺、事事如意，总会有烦恼和忧愁。当不顺心的事时常萦绕着我们的时候，我们该如何面对呢？随缘自适，烦恼即去。随缘是一种进取，何为随？随，不是跟随，是顺其自然，不躁进、不过度、不强求；随，不是随便，是把握机缘，不悲观、不刻板、不慌乱。缘在惜缘，缘去随缘。

当你的才华还支撑不起你的雄心的时候，你就应该静下心来学习；当你的能力还驾驭不了你的目标时，你就应该沉下心来历练。信手拈来的从容，都是厚积薄发的沉淀。

人们常常埋怨对方不肯变好，却很少反思自己挑人的眼光不行。塑造一个人的，不是眼前的一两句忠告，而是几年、十几年、几十年的生活环境影响和改造。一个人一旦成长定性，其内在的品格、性情和能力很难再有大的改变。与其想着让不合适的人变得合适，不如考虑如何从人群中筛选出合适的人。人生的各个阶段，本质上都是挑人合作的过程。大部分无法解决的问题，换个人就能解决。

一个人的能力有多大，就干多大的事，千万别眼高手低、好高骛远。当你拥有别人没有的能力，做到别人难以完成的事情后，即使天涯海角，也能安身立命。一个人没有赖以生存的一技之长，生活便举步维艰。一个人若是品行有问题，即使潜力再大，也无人赏识，能力再强，也无人结交。最好的状态是能力标配、思维高配、人品顶配。

无论你走到哪里，都要把人做好。每个人的内心世界里，都会有说不出的无奈和伤痛。只是智者总是会把不好的东西加以修炼和转换，因为成长的过程就是不断排除错误的过程，如果没有经历过苦痛你不会得到真正的快乐，苦的背后是乐，修炼内心是面对挫折最积极、最健康的生活方式。

不为暮色而悲伤

雄鹰，不需鼓掌，也在飞翔；小草，没人心疼，也在成长。做事不需人人都理解，只需尽心尽力；做人不需人人都喜欢，只需坦坦荡荡。选一个方向，定一个时间，剩下的只管努力与坚持，时间会给我们最后的答案。

世上许多事，只要肯动手做，就并不难。万事开头难，难就难在人皆有懒惰之心，因为怕麻烦而不去开这个头，久而久之，便真觉得事情太难而自己太无能了。于是，以懒惰开始，以怯懦告终，懒汉终于变成了弱者。生活就像"抖音"，你关注什么就会给你推送什么，所以一定要关注美好的人和事，给自己一个美好的磁场。

一件事，坚持了三天，是心血来潮，坚持了三个月，是刚刚开始，坚持了三年，才算得上事业。三年入行，五年懂行，十年称王。宁愿十年做一件事，也不要一年做十件事。心慌难择路，欲速则不达。成功靠的不是豪言壮语，而是脚踏实地、持续不断的努力。这世间没有一样东西是永远属于自己的，包括最爱的人、养大的孩子，包括财富、身体，最后也都将回归黄土。

万物初生，化育万物，周而复始，循环不停。这个世界上，没有什么是永恒的，只要它流动，它就会流走，只要它盛开，它就会凋零。就连大自然，也有终结的那一天。放眼过往，古代圣贤也未能避免，所以我们不要为见到了生命的暮色而悲伤。古往今来，有谁能永世长存，不为生老病死而烦恼呢？

人生不知不觉就到了垂暮之年，时间匆匆而过，来日无多，只希望能开开心心地过好每一天。生命是永恒的话题，一生百年，放眼历史，弹指一挥间，那人活着的意义是什么？是功名利禄、荣华富贵，还是称霸天下？都不是，生命是一个过程，花开花落，刹那芳华。翻翻古籍经卷，那些帝王将相也不过是留下寥寥几个名字。

人生如过客，最重要的是把握当下，正视现实。二十岁出头的时候，要把自己摆在那个岁数的位置上。人走到老年的行列，再没有理由、也没有能力去拥有一个四十岁的人拥有的身体和精力。今天的选择，决定了你未来的模样。想要成为什么样的人，就得去做与之匹配的事。不必纠结过去，更不必担忧未来，因为明天的答案，是由你度过的每一个今天写就的。

我们每走一步，都是一个新的起点，这一个个起点连接成我们一生的轨迹。不要害怕开始，经历了起步时的艰难，定能产生飞跃的蜕变！

生活坏到一定程度就会好起来，因为它无法更坏。努力过后，才知道许多事情，坚持坚持就过来了。谁的人生不是荆棘前行？当你跌倒的时候，懊恼的时候，默默流泪的时候，都不要轻言放弃，因为从来没有一种坚持会被辜负。想要生活得漂亮，需要付出极大的努力，一不抱怨，二不放弃。忘掉所有那些"不可能"的借口，去坚持那一个"没问题"的理由。

经历中思考，岁月中沉淀。用岁月积攒实力，用坚持创造神奇。如果你还没有成功，就去积攒成功的力量；如果你还有梦想，就去撑起梦想的翅膀。经验不是经历可得，而是在经历中不断总结、沉淀的结果。沉淀自己，积累世事人情的经验，让自己拥有高人一筹的智慧，超人一等的成就。没有一步到位的辉煌，只有日复一日的坚持；没有摇身一变的奇迹，只有努力打造的精彩。从容不迫者，梦想必达；心浮气躁者，难成大事。与其抱怨、郁闷、纠结，不如从现在开始沉淀自己。积攒实力，积累经验，让自己拥有更多掌控人生的力量。

人若不常出去走走，会以为眼前就是全世界。人见识越多，阅历越丰富，他眼前的世界就越开阔。只有阅过山河、见过湖海，经历过生命的繁复，才会拓宽视野、增长智慧，看到人生更多的可能性。经历、阅历和见过的世面，总是影响人看世界的眼界。人与人的相处，就像是寒冬里的刺猬，离得太远，彼此受凉；靠得太近，容易扎伤。

感谢所有走进生命的人，无论你我之间有怎样的交集，都已随时间定格。岁月苍老了容颜，也淡然了心境，时光斑驳了记忆，也铭记了你我。未来的路很长，一步一步前行。那些人生的不可得，该放下的就放下。如果事事入心，只会带来不必要的负担。认真对待值得认真的人事，对可望而不可即的，真的没必要太较劲。

"人生如寄，多忧何为？今我不乐，岁月如驰。"人生如逆旅，我亦是行人。人生天地间，忽如远行客。生者为过客，死者为归人。心若能如行云流水，人生方可宁静致远。云，飘来飘去，无谓卷舒；水，自然流淌，来去随意。顺应自己的本性，非有意而为，从不苟求叹惋。人，如果能像云水一样遵循本性，一定也会自然洒脱，从容优雅。人生一日，闻一善言，见一善行，行一善事，这一日便不虚度。

再难的路自己走，再苦的心自己懂。人的强大，都是一点点熬出来的，在那些无人知晓的时光里，如同一只蜕皮的蛹，被痛苦层层包裹，在苦苦挣扎中前行。但好在生活终会教给我们一个道理，没有过不去的黑夜，只要自己心里还有光。成年人的世界，背后空无一人，再苦再难，没有选择，只得擦干眼泪，迎面而上。一个人坚强久了，熬得过最黑的夜，忍得过最痛的伤，就拥有了承担自我命运的力量。风雨来袭，自己面对，重重难关，自己去闯。一个人总要走过很长的路，吃过很多的苦，经历过生命中无数的繁华与苍凉，才能见证自己的成长。

健康活着是赢家

有一个朋友说，他整天吃睡不安、心神不定，因为经常关注中美关系、俄乌战事、台海局势，还有国内政治、经济、治安诸多态势。另一个朋友说他，是站在边角想中心的事，是吃着咸饭瞎操淡心，那些大事、远事、难事，自然会有人管的，我们这些普通人只要把家里的事、自己身体健康的事管好，就是最要紧的事了。对此，我非常认同。

每一个好人的到来，都能带给你幸福；每一个坏人的出现，都可以让你增长阅历。千万别用他人的错误，惩罚无辜被牵连的自己；唯有放下过往的错，才能解脱自己的心。

优秀的人和普通的人有三个不同的习惯，一个在阅读的时候另一个在看剧，一个在书写的时候另一个在玩牌，一个在独立思考的时候另一个在聊八卦。他们是如何拉开差距的呢？

　　飞机头等舱的人几乎都在阅读，而经济舱的人却大多都在刷抖音——虽然这句话不完全正确，但是并非完全没有道理。举个例子，飞机头等舱和经济舱座位的区别，除了位子更加宽敞之外，还有一个细节是阅读灯。五星级酒店的房间跟快捷酒店的房间相比，除了床品等其他硬件差别外，还有一个细节是床头都有阅读灯，房间内设置了配有台灯的书桌。这些并非多余的配置，而是精英出行的日常必备。其他平价酒店则可能会配置棋牌麻将桌。有的人以为学习也就是在学校内读几年书，毕业之后就不需要学习了。而有的人认为毕业之后才是真正学习的开始，于是他的收入、眼界就不同了。当社会越发达，科技水平越高以后，人与人之间的智力差距和认知差距就会越大。

　　人间万千光景，苦乐喜忧，跌撞起伏，除了自度，其他人爱莫能助。一路走过，才发现没有谁会成为你永远的避风港。低谷时，向你伸出援手的，往往只有你自己；难过时，将你拉出黑暗的，往往还是你自己。万般皆苦，唯有自度；风雨人生，自己撑伞。只有做自己的摆渡人，你才能脱胎换骨，成为更好的自己。

　　幸福是一点一点积累的。把人生当旅程的人，遇到的永远是风景。让我们一起撑一支岁月的长篙，将身心流放到万水千山中，拥一份缱绻的柔情，以一颗纯净的心，去阅读红尘路上的风景，去守候自己生命的花期。

　　这个世界，从来就没有白费的努力。每当你克服一项困难、学习到一项新技能后，你的人生自然就会多一份直面的底气。而这些，都是生活赐予你的最好的礼物。愿我们都能在不停向上生长的同时努力向下扎根，脚踏实地地过好人生的每一天！

比能力不知强多少倍的，是一个人的底层操作系统。如果把人想象成一部手机，这个人的精神结构就是他的底层操作系统。一个人的精神结构，决定了他会成为什么样的一个人，决定了他会取得什么样的成就。优秀的人的精神结构的特质就是拥有强烈的成功欲望，拥有说干就干的行为动力，非常善于坚持，乐意延续和满足。

有时，成功迟迟不来，不是你不够努力，而是思维方式要更新。尝试换一种思维方式，天地就会更加开阔。有的东西不是一成不变的，就算是同一件事，在不同的时间段，面对不同的人，都要应时应势不断变化处理方式。生而平凡，并不卑微，一辈子自命不凡，自怨自艾地活着，才真正不值。自己把自己的生活装点好了，活得就幸福。人生的幸福，都藏在最平凡的烟火里：健康的身体，温馨的家庭，休闲的周末，还有几个小爱好，三两好朋友……如此平安喜乐，足矣。余生不长，修得一颗平凡心，亦是人生小圆满。

生命刚开始时，就像一个空杯。人生，不过是往杯子里放东西的过程。但杯子总有满的时候，当人生的水杯满了以后，不如将人生水杯中的痛苦与悲伤、失落与不安悉数倒出。以空杯心态，对待往后的人生。只有敢于将不如意逐出内心的人，才能有勇气继续去探索生命的美好。我们的人生，未必光芒万丈，但要始终温暖有光。抖落肩上的尘土，洗刷掉心中的阴霾，心中的热忱不减，灵魂的净土犹在。

第 八 辑

宁静致远有力量

人生不会重复来

人生如水，清澈便好，省得暗流涌动；亦如花草，淡香即可，免得昙花一现。

人，赤裸裸地来，光溜溜地去。来了，就认真地活，活得自信、自觉还自在，活出本性、本真和本色，这才是最人性、最纯粹的活法。要去，就安静地走，不舍昼夜，干干净净，了无牵挂，这才是最彻底、最自然的死法。如果来不及认真地年轻，那就安安静静地老去，也称得上看开后的大悟人生。

人的头脑支配着人的一生，必须时刻保持清醒，常怀律己之心，常除非分之想，求得一世平安。当下级，敬上不媚上，敢干不蛮干；当领导，严下不欺下，有为不乱为。得意时，成事不多事，建功不居功；失意时，平心不违心，硬气不泄气。不为一时一事而计较，莫患秋日叶落尽，且留果实待来时，永葆一颗平和、清静、上进的心。

人的双脚是用来走路的。路，有高有低，有弯有曲，有沟有坎，有时还会遇到风雨。路，走过才知长短，坚持才会看到风景，才能领悟到白茫茫一片大地真干净的意味。路，必须自己走，无所谓快慢，无所谓成败，输要输得清清楚楚，赢要赢得理所当然。正道沧桑，自信始于脚下。苦得自己吃，伤得自己舔，摔倒了再爬起，才会到达终点。如果没有耐心去打拼，前方的路将更漫长、更陡峭。时时打盹，梦终归是梦；时时奔跑，才会梦想成真。

人生是一本书，人人是作者，谁都替代不了谁，指望谁都是"一场空"。人生是肩上的重担，咬牙也得挺住，没必要逢人就诉，别人不在其中，就不可能感同身受。人生是一棵树，结疤的地方才是最坚硬的地方，而我们遍体鳞伤的地方，到后来会成为最强壮的秘方。人生是一把伞，能够遮阳挡雨，只有自己撑，才能撑起自己的"一片天"。

有人说，人生并非麻将牌，输了可以推倒重来。上场就得用心打，不悔生活大舞台。我以为，人生就是一场现场直播，没有彩排，无法重来。所以，必须认真地对待每一天，逢山开路，遇水架桥，才能披荆斩棘，乘风破浪，更好地实现多姿多彩的人生。

虑而后得方谦和

清晨，一位老战友发来一段晨安语："如果你的心能够容纳无限的经验，虽然是饱经世故，却又能维持单纯，这才是朴素。古人活一生一世，做人做事做学问，悟透是一种领悟，看淡是一种财富，读书是一种幸福。"细思起来，甚觉在理，感同身受，积淀与思考是让人走向成熟的关键。

反观时下，甚嚣尘上，纷纷扰扰。功名利禄，金钱美色，美味佳肴，名车豪宅，多少人置身其中欲罢不能，大有"乱花渐欲迷人眼"之势。动以养身，静以养性，懂得积淀，求得真谛，方能摒弃俗虑杂念，排除外界干扰，从而达到陶冶性情、涵养德行、净化灵魂的目的。

心静，才可听到万物的声音。清醒，是一种理智，懂得积淀和反思，更是一种智慧。一个成熟的人，不在于经历过多少事，而在于经历后的沉淀和思考。人生路上，不确定因素太多，要多一个心眼，多一些思考，让更多的沉淀与思考，去丰富你的人生，那才是真正的坦荡与平安！不要只顾着埋头向前冲，应适时给身体放放风，给心情放放假，赢得一些反思的时间，充实一下复杂的头脑。从每一次的经历中有所领悟有所收获，你才能在未来的路上走得更远更稳健。

人生如登山，在抵达山顶前，我们无从知晓前方路途有怎样的艰险。但只要我们有一颗勇于尝试的心，有一份不惧艰险的勇气，就能一路踏着泥泞走上山顶，看到不曾见过的景色。那时，我们会感慨这一路走来的值得。

风物长宜放眼量。曾经让你气愤的许多事，时过境迁，回头看却发现不值一提。智慧的老年，从不纠结往昔的痛苦，往前看却感到风轻云淡。人只有知道自己无知之后，才能从骨子里谦和起来，不再孤芳自赏，不再咄咄逼人，不再恃才傲物，更不会强迫别人接受自己的观点。

所以说，人越懂得思虑，才越平和，越通透。通透是什么？就是慢慢像尊重自己一样，去尊重别人。

成人世界无容易

　　人生一辈子，要在有趣的事情上多花一些时光，不要让忙碌淹没了生命中的美好。毕竟人活一辈子，不过是"开心"二字。心之所向，无问西东。

　　活得有趣，是幽默乐观的生活态度。生活不容易，对活得有趣的人来说，生活是不断破墙而出的过程；对无趣的人来说，生活是在为自己筑起一道一道的围墙。

　　小城、大城、熟人、陌生人，社会的问题，有的真的戳到了我们的痛点。在不同的地方生活工作，生活状态、切身感受有所区别，质量有所不同。成人的世界里就没有"容易"二字，无论在哪，无论干啥。谁不是白天云作衣裳风作马，夜里有泪自己擦？都是脸上挂着笑，心里揣着伤，闹过、笑过、吹过后，在一个人的时候把心掏出来缝缝补补，然后对家人笑笑，对社会笑笑？正所谓家乡是用来生、用来想的，所谓外面，是用来生活的、用来闯荡的。

活得有趣，与知识多少无关，与挣钱多少无关，只与幽默乐观的生活态度有关。人生就像一个五味瓶，盛满了酸甜苦辣，即使生活丢下一地鸡毛，我们也要努力把它扎成漂亮的鸡毛掸子，去扫干净生活中的那些灰尘。天上下雨地上滑，自己摔倒自己爬。亲戚朋友拉一把，酒换酒来茶换茶。钱靠自己挣，才有底气；苦靠自己尝，才有体会。事靠自己扛，才能面对；伤靠自己养，才能治愈。谁都靠不住，只能靠自己。

如何活得有趣？就要有些爱好。古人说："人无癖不可与交，以其无深情也。"一个人没有特别的爱好，也就"无深情"。没有真性情，怎么会有趣，谁又愿意与之交往呢？

无趣的人，往往"三观"太正，功利心太强，对生活用力过猛，凡事都要问一个"有用吗，有好处吗"。因此，无趣的人多数浅薄狭隘。一生会遇到很多人，却只有一个自己。多从积极的方面去思考，主动把握机遇，做人群中最阳光、最积极乐观的那个。保持乐观心态、丰富自己，生活才会越来越充实。接纳真实的自己，不自卑，不自满，才能拥有更强大的内心。客观事物很复杂，而且变化很快。无论你智商多高，无论你多么勤奋，认识任何事物都是不容易的。即使你把已有知识都掌握了，但转瞬之间，又发展变化了，而且永远不会停止。所以要永远保持谦虚谨慎的态度。淡看缘起缘落，接受世间百态，从繁杂的尘世里修一颗素淡的心。

与无趣的人相处，往好处说，是一种磨炼，是一种修炼；往坏处说，是一种折磨。人都有七情六欲，爱憎分明是人的本能。活得有趣，是随性而安的淡泊从容。阅尽人间万千事，随性从容也自在。随性的"性"，指的是"人的自然天性"。随性，可不是随心所欲、胡作非为。

人生在世，谁没有脆弱与彷徨？难得的是不失本性，不忘初心，一个人安静地过日子，在默然无语中开出花来。人心是不待风吹而自落的花。

抱着从容恬淡的心态过日子，一年都显得漫长无尽；抱着贪婪执着的心态过日子，纵有千年也短暂如一夜之梦。一个人的年龄，不应成为伤感的理由，而应成为生命的勋章。人生经历的每一站，都是不同的风景。年龄本身不是问题，关键在于内心是否富足，有没有应对生活的底气。

年龄是一把标尺，什么年龄段做什么事。每个年龄段都有焦虑感，三十岁前后焦虑工作、结婚、生子，四十岁前后焦虑子女教育、收入、住房，六十岁以后焦虑生老病死。很多人被社会时钟推着走，一边忙碌不已，一边焦虑不安。其实人生是一场长跑，而非一次限时冲刺。不必追赶他人的脚步，只需按自己的意愿生活。唯有按自己的节奏，才不会被焦虑困扰。

在一去不回头的光阴里，枯荣过处皆成梦，得失两忘便是禅，也许真的是背起行囊，就是过客，放下包袱，就找到了归宿。俗话说，土豆拉十车，不如夜明珠一颗。人就算赢得了全世界，却丢失了自己，又有什么意义呢？

活着不应为了迎合别人，献媚世界，而是应努力学习取悦自己，自得其乐，对着镜子里有趣、滑稽的自己肃然起敬。懂得取悦自己的人，才会在生活中寻觅悠闲，悠闲就是原生态的自由自在，如同花儿开放、鸟儿飞翔，云在天上、鱼在水里。活得有趣，取悦自己，才是人最和谐、最完美的状态，也是人生最高的境界。

有趣的人想得通透。古人云："相由心生，心纯净，行至美。"人的外貌多半是与心理状态相关，终日眉头紧锁的人心中必然藏着事，常以微笑示人的必然内心阳光。面善的人，心中坦荡，福气也旺。心宽了，四季都春暖花开。心静，百事无难；心宽，万事可装。脚无法到达的远方，心都可以到达。

人生必备的三个眼光：看远，看透，看淡。生命就像是一朵绣花，从底下看，是一堆乱七八糟的走线；从面上看，是一朵盛开的美丽花朵。与其纠结于眼前的杂乱无章，不如抬头向上看。你给生活一个微笑，生活定会给你一缕阳光。你越弱世上的坏人就越多，而真正能让我们不被人欺负的唯一途径，就是自己强大。当你变得足够强大时，全世界都给你让路。强大是一件神奇的东西。因为强大，你才能在逆境当中逆风翻盘。因为你的强大让他们害怕，他们不敢来招惹你。因为你的强大让他们觉得欺负你会付出沉重的代价，而巴结你有利可图。所以只有从弱小变得强大，才可以让整个世界都对你温柔以待。

物质的贫穷能摧毁你一生的尊严，精神的贫穷能耗尽你几世的轮回。人生没有白走的路，没有白读的书，你触碰过的那些文字会在不知不觉中帮助你认识这个世界，会悄悄帮你擦去脸上的肤浅和无知。书价便宜，但并不意味着知识廉价。虽然读书不一定能够让你功成名就，不一定能够让你前程锦绣，但却能让你说话有道理，做事有余地，出言有尺度，嬉笑有分寸，活得有趣味！

人为什么活得累

　　见到老朋友，大家都说日子过得不快乐，上班族更是叫苦不迭，身体累心里更累。连早已退休的人也整天心里慌兮兮的。

　　人之所以活得累，是因为放不下架子，拿不开面子，解不开扣子，松不开脑子。小时候，幸福是很简单的事。长大了，简单是很幸福的事。婚姻是两人各削去一半自己的个性和缺点，然后凑合在一起形成一个整体。夫妻俩过日子要像一双筷子，谁也离不开谁，什么酸甜苦辣都能一起尝。爱情是一杯酒，两个人喝了是甘露，三个人喝后是酸醋，随便喝后会中毒。面对生活，要有最好的准备和最坏的打算。所谓门槛，过去了就是门，没过去就成了槛。

　　这世上有三样东西是别人抢不走的，吃进胃里的食物、藏在心中的梦想、读进大脑的书。人要有"三平"心态，平和、平稳、平衡。对自己要从容，对朋友要宽容，对很多事情要包容，这样才能活得开心。不要成为情绪的奴隶，不要被负能量牵着鼻子走。只要积极向上，坦然应对，就更容易兜住幸福、让自己获得难得的机遇。回首向来萧瑟处，几度风雨几度晴？

忘记，是自由的一种形式。人这一辈子，会遭遇很多无法控制的事情，也难免有很多无能为力的时刻。若总是耿耿于怀，一味较劲，结果只会让自己越活越累。执着是苦。既然不能事事如意，与其不甘，不如选择释然。能折磨你的，无非是你在乎的；能困扰你的，无非是你计较的。当有人逼迫你去突破自己时，你要感恩他。他是你生命中的贵人，也许你会因此而改变和蜕变。当没有人逼迫你时，请自己逼迫自己，因为真正的改变是自己想改变。蜕变的过程是很痛苦的，但每一次的蜕变都会有成长的惊喜。

和优秀的人做朋友，才会让自己的思维有突破。当你身边的人都很优秀的时候，你也会情不自禁地想要变得优秀，你便不会满足于现状，不甘心平庸。

人生就是一个不断得到和失去的旅程。很多事你看得越重，就像往背包里放石头，越攒越沉，最终会压垮自己。忘掉那些利益得失，少些锱铢必较，反而能够看清问题，知道什么是最重要的。把格局放大，心胸放宽，前方的路自会豁然开朗。

成年人的世界，学会忘记是修行，懂得舍弃是智慧。一个人的快乐，不是因为他拥有的多，而是因为他计较的少。昨天是一张废弃了的支票，明天是一笔尚未到期的存款，只有今天是你可以支配的现金。挥不去的是记忆，留不住的是年华，拎不起的是失落，放不下的是情感，输不起的是尊严。

父母想念子女就像流水一样，一直在流。而子女想念父母就像风吹树叶，风吹一下，就动一下，风不吹，就不动。世上有两件事不能等，一是孝顺，二是行善。永远不要瞧不起任何人。一棵树可以制成一百万根火柴，烧光一百万棵树只需一根火柴。时间和环境随时改变。不要贬低或伤害任何人。时间和命运有时候很微妙，山不转路转，向善行善才是正道。我们活着低调做人，尊重别人，踏实做事。只有先成就了别人，别人最后才会成就你。要跟着雨伞学做人。你不为别人挡风遮雨，谁会把你举在头上？仁行天下，德行天下，善行天下！

生气是拿别人做错的事来惩罚自己。凡是小事都要大声说，凡是大事都要小声说。势不可使尽，福不可享尽，便宜不可占尽，聪明不可用尽。权力是暂时的，财产是后人的，健康是自己的。身安不如心安，屋宽不如心宽。人生不能事事尽如人意，但求无愧我心。钱像水一样，没有会渴死，多了会淹死。治学要耐得住寂寞，做人须经得起风雨。用最少的悔恨面对过往，用最少的浪费面对现在，用最多的希望面对未来。人活一世，亲情、友情、爱情，三者缺一，已为遗憾，缺二者，实在可怜，三者全无，生不如死。

超过别人一点点，别人就会嫉妒你；超过别人一大截，别人就会羡慕你。全部可以交易的是市场，不能全部交易的是社会。在成长中成熟，在成熟中衰老。顺应自然，笑对人生。不要早熟，也不要早衰。平安是幸，知足是福，清心是禄，寡欲是寿。超越死亡三原则，不要寻死、不要怕死、不要等死。活得自如、病得快乐、老得自然。

生活要低配，灵魂要高配。真正懂得生活的人，越简单，越幸福。而真正的幸福，不在于外在物质的多寡，而源于内心精神的富足。富有不是拥有多少财富，而是具备在艰难的日子里，也能笑出声来的能力。维持生存必备的物资，并不需要太多。房子不需要太大，温馨就好；每日粗茶淡饭，快乐就好。生活简单惬意，心灵丰盛富足，才是人生最大的满足。没有什么比贪婪更具有欺骗性。人们总以为自己不快乐，是因为拥有的太少，或想要的没有得到。和情趣相投的人在一起，蜗居也温馨。人的一生，别被欲望绑架，别为欲望苦恼。降低过剩的欲望，才能活得张弛有度。

求人不如求自己

　　人虽然有高矮、胖瘦、贫富等不同，但有一样是平等的，那就是每个人都会遇到不同的苦难。苦难，到底是财富还是痛因？当你战胜了苦难以后，它就是你的财富；当苦难战胜了你以后，它就是你的痛因。

　　不要害怕失去，你所失去的本来就不属于你；不要害怕被伤害，能伤害你的本来就是你的劫数。越患得患失，我们就越受伤。之所以受伤，也是源自自己的得失心。你以为错过了是遗憾，其实可能是躲过了一劫。无论错过的机会，错过的经历，还是错过的机遇，都是我们成长路上的宝贵财富。你信不信，有些事，上天让你做不成，那是在保护你，别抱怨、别生气，世间万物都是有定数的，得到未必是福，失去未必是祸。

　　人生各有渡口，各有归舟，有缘躲不开，无缘碰不到，缘起缘聚，缘尽则散。悟透这些名言，人生还有什么不能释然的呢？世上很多事，并没有是与非的答案。所以，没有必要凡事较真，遇事较劲。将心胸放宽些，该马虎时就马虎，得饶人处且饶人。不图一时之快，结难解之怨；不赌一时之气，添几多烦恼；不争一时输赢，输全部心情。其实"顺从"并没那么难，"不争"是一份清醒，"随缘"也是一种积极的心态。

生活不是过山车，不会永远都刺激。它更像是一条缓和的抛物线，有时在顶点，有时在谷底，有时需要我们攀爬，有时需要我们俯冲。当你暂时处于谷底时，要做的不是怨天尤人，而是积蓄力量，为即将到来的攀登做好准备。山川湖海，日出日落，都是大自然的馈赠。三五好友，人间烟火气，也都是生活的小确幸。天空不会永远阴暗，但乌云退尽的时候，蓝天上灿烂的阳光就会照亮大地。量准自己的底蕴，算清自己的运数，明白自己的需求，把握自己的节奏，才是成熟之人最大的清醒。

成长过程中的许多事情，每个人总是在经历过后才明白，因为过去心不可得，现在心不可得，未来心不可得。痛过了，便坚强了；跨过了，便成熟了；丢失了，便懂得了适时的珍惜与放弃。总是在碰了壁之后，才能学会放弃什么；总是在疼过之后，把经历当作一种财富。如此才能做一个全新的自己。

实力决定你的今天，活力决定你的未来。只有实力足够强劲的人，才能看到生活的好脸色。你的贡献不够大，别人就会忽视你；你的能力不够强，别人就会欺负你。一个人最大的本领，是既有把眼前事情做好的能力，又有华丽转身离开的勇气。能不能持续进化，是拉开人与人距离的重要原因。如果你只是把工作当成谋生的手段，做一天和尚撞一天钟，十年以后你也不会有什么长进。如果你把工作当事业去奋斗，你在工作中积累的经验、掌握的技能，都会成为你下一次选择工作时谈判的筹码。决定你的牛活水平或者经济来源的从来不是稳定的工作，而是你的能力。

能是一条线，忍是一条线，运是一条线，三线撑起的立体空间就是个人的生存空间。有人强能善忍，但时运不济，最终一事无成；有人迟钝，但善忍又走运，亦能谋一高位。有人既迟钝，脾气又火暴，但天生命好，亦能风光一时。有人无能无忍无运，只能潦倒一生。有人强能善忍又走运，富贵追着走。能和忍可修炼，不难做到，唯运难以捉摸，无法掌控。有些路，走下去，会很苦，但是你此时不走以后更苦。有些事，动手会累，没事情更累。有些人，自律会苦，不自律的人以后更苦。只有坚持这阵子，才不会辛苦一辈子。人生没有对错，只有选择后的坚持。不忘初心，如此走下去，快乐和成功就会向你招手。

一个人天赋再差，在生活中一定要对自己"狠"，严格要求自己，不断提高自己，持之以恒，一定能出类拔萃。所以如果想成功，那么可以想一想，今天对自己下狠心了没有？如果没有，建议好好改变自己的心态和学习方法。不要老是奢望别人的帮助，别人的帮助总是有限的，求人不如求己。即便我们能够从他人那里获得一点帮助，但最后事情还是会落到我们自己的身上，还是由自己来完成。所以，自己必须拼命努力。

人情朋友是暂时的，人格朋友才是长久的。不要刻意去巴结谁，花些时间提升自己，定有一批朋友与你同行。在多数人的世界里，大部分时间都是与亲朋好友相处，不可能让每个人都认可你。无谓地去迎合别人，会在不知不觉中失去自我。有些人喜欢欣赏别人，挑剔自己，把自己修剪成别人喜欢的模样。每个人都有自己的特点和个性，丰富自己，多读好书，外出旅行，善于自省，比取悦别人更有力量。在无人为我们鼓掌的时候，给自己一个鼓励；在无人为我们拭泪的时候，给自己一些安慰；在我们无力前行的时候，给自己一份自信。

成功背后苦行僧

　　人真正的动力，源自内心深处对于快乐和兴趣的追求。人要学会克制自己，才能成就未来。很多看似"天赋异禀"的背后，都有"苦行僧"般的自虐。

　　在很多时候，人性就像看不见的手，掌控着一个人的命运。趋乐避苦、趋易避难、趋利避害，每个人都希望成为更优秀的人，但无形中仿佛有一股力量，阻止我们行动。这种行为，就是与生俱来的惰性。于是，有些人选择听从内心声音：算了吧，正课时间够累的了，下班还要干家务，哪还有心情补课或提高呢？一旦这种理由占了上风，人便很容易走入平庸的陷阱。

　　要想不断地提升自己，更新自己，就要战胜自身的弱点，与惰性做斗争，跨过一道道关卡，让自己变得强大起来。真正的强者，善于在特定的环境下，克制自己的欲望，反抗人性中的弱点。

习惯，是一种顽强而巨大的力量，它可以主宰人生。而好的习惯，则会推着你一路向前。人生中的任何一个小习惯，无形之中都可能会塑造我们的一生。生活中能够笑到最后的人，往往都是那些善于更新自己的人。一个人只有不断拓展自己能力的边界，才能拥有面对风雨时的坦然与淡定。鼓起勇气，保持好奇心，持续学习，一点点突破，我们终将遇见更好的自己。

一个强者能够在众多普通人中脱颖而出，得益于他不同于普通人的生活模式，经常不断地反抗与生俱来的人性弱点，摆脱其控制和约束，主动掌控自己的人生。这世上，越是有用的事情，做起来越是不舒服。不做舒适无用的事，多做艰难有利的事，及时修正自己，敢于挣脱舒适的困境，人生才能有更大的跃升和修为。人生许多机会是藏在困难后面的。

普通人与优秀的人之间的差距，就藏在一次次的选择中。选择驾驭人性还是屈服于人性，往往会造就不同的命运。真正有作为的人，都能抵抗住人性本能的诱惑，去做"难却正确"的事。只有抑制向下的惰性，人生才会向上生长。如果总是顺应本性、趋易避难，便会错失很多机会。唯有忍人所不能忍，方能为人所不能为。

跟着老虎爬高山，伴随雄鹰飞蓝天。一杯清茶品日月，半壶老酒悟人生。人与人之间能否携手走下去，则取决于是否有相同的志向。志同道合，不谋而合；志向不同，缘分再深也不能相伴永久。喜欢清静的人，难和喜欢嘈杂的人走在一起；积极进取的人，难和不思进取的人走在一起。因为懂你，所以默契。和懂自己的人在一起，即使无言，彼此也心照不宣。相互懂得，何其有幸；若不珍惜，岂不遗憾。能走在一起的人，都是灵魂相近的，有着相互吸引的品行，所以才会相逢。大千世界，芸芸众生，每个人都期待遇见那个和自己灵魂相似的人。若有幸遇见，定要好好珍惜；若还没遇见，请耐心等待。

　　成绩不是马上就能得来，而要从着手规划的那刻开始，通过一步步积累而来。事物向上发展，需要稳扎稳打走好每一步。操之过急，想飞快出成果，结果往往会适得其反。千里之行，始于足下。水滴石穿，持之以恒。"玉经琢磨多成器，剑拔沉埋便倚天。""男儿欲遂平生志，六经勤向窗前读。"山有山的高度，水有水的深度，没必要攀比，每个人都有自己的长处；风有风的自由，云有云的温柔，没必要模仿，每个人都有自己的个性。你认为快乐的，就去寻找；你认为值得的，就去守候；你认为幸福的，就去珍惜。没有不被评说的事，没有不被猜测的人。做最真实最漂亮的自己，依心而行，无憾今生。

　　哪条路都不是坦途，去把脚下的路走成最好的路吧。如果错过了落日的余晖，那就去奔赴夜晚闪耀的星空。做自己，懂你的人自然懂你，不要把时间花在无谓的人和事上，想好了就去做。

心存希望，努力向前，人生没有什么是过不去的。人生越是艰难越要迎难而上。大多数人为何身心不健康或者烦恼，是因为身体不运动，一天到晚脑袋胡思乱想。圆规为什么可以画一个圆满的圆？因为脚在走，中心点永远不变。人为什么不能如此？就是心不定，脚不动，所以无法规划出一个圆满健康的人生。

人生实苦，也布满了孤独、迷茫、痛苦的过程。但是真正敢于靠自己走下去的人，哪怕与苦难狭路相逢，也能拿出勇者不惧的气度气势来穿透黑暗，披荆斩棘、乘风破浪，走出困境。靠自己走出独立和艰苦的日子，会慢慢觉悟出心灵的安宁。靠努力走向自己想要人生的过程中，自己也会过得越来越坚定，变得成熟坚强，学会能吃苦。所以都靠自己，余生也就从容满足了！

老了就要多乐乐

从生到死最短的是呼吸之间，从迷到悟最短的是一念之间，从爱到恨最短的是无常之间，从古到今最短的是谈笑之间，从你到我最短的是善解之间，从疑到修最短的是觉悟之间，从始到终最短的是坚持之间，从错到对最短的是总结之间，从成到败最短的是当下之间。

"阴崖常抱雪，枯涧为生泉。"秋意淡淡，让自己凝眸回望，顾盼之间，皆是情愫。经历风雨，在枯荣的辗转中让生命渐渐变得丰盈。细数一季的光阴，感觉还没有痛快地享受，就又要离别。似乎每个季节都是这样，想抓抓不住，却都染透了心情。

不必伤春悲秋，做自己热爱的事情，过好自己的生活。无论季节如何变化，心存冷静，细看这光怪陆离的世界，与季节一路同行，与时光寒气以待。人世间所有的人和事，时间终究会给予答案。生命如花，不问花期，默默努力就好，至于绽放的时间不要太在意。做一个温暖的人，学会坚强和放下。回眸人生中所有的沟坎险恶，脚下的路没人替你决定方向，全靠自己把握；心中的梦，没人替你去圆，全靠自己去拼搏。人生没有多走的路，脚下的每一步都算数。

一个念头就是一粒种子。我们的心就像一块土地，各种各样的种子在里面播种。我想什么就种什么，我种什么就长什么，或是杂草丛生，或是鲜花满园。做个内心阳光的人，无奈不忧伤，焦虑不心急。咬牙坚持、憋气向上，靠近阳光，尽量活出自己，你不需要别人称赞，因为你自己知道自己。内心的强大，永远胜过外表的浮华。

不能预知风向的优劣，但可改变心情的好坏。人生坎坷也好，低谷也罢，都得靠自己去走。人家不抱怨并不是心里不委屈，而是清醒地知道，没有谁能成为你的拐杖。保持良好的情绪，是对他人的体谅。人与人之间的情绪，是会互相传染的。对自己的情绪担责，就是对他人的负责。有句话说得好，快乐不在于外在的环境，而在于自己的心境。抱怨越多，生活就越糟糕。

每个人都有自己的季节，都有自己的生命周期。在自己的季节里，走过的路，见过的人，经历过的事，构成了自己独特的时代。老了以后回头看，当年我们同龄人中，有的人的确充满朝气、才气，琴棋书画吹拉弹唱，当领导、做技术，还真样样行。

如今你再看，所有人除了曾经，剩下的只有自我回忆，还有什么？历史上那些大人物、大事件，如今也只能待在书本中、展馆里。

我们已经谢幕，已经退场，无论发生什么事，无须我们话说当年……我们就是从前那群蹲在街角晒太阳的老人，只是如今换了个地方。好在我们还能偶尔睁开眼睛，竖起耳朵。但是有很多事情看不懂，很多声音听不惯了。不久以后，我们就会彻底看不见，听不到了，世界会将我们彻底遗忘。就像我们从未来过一样。年轻，是很久远以前的事了，时光不经用，来日不方长！

曾经谈得来的朋友陌生了，相聚不如不聚。曾经喋喋不休的父母无声无息了，曾经用来显摆的东西也不见了……此时，不是时光无情，不是青春易逝，不是光阴如水，不是人生苦短，而是我们已经走过了人生的巅峰，退场了。人生只不过是睁着眼往黑走的一个过程，别想太多，想多了心烦，想久了心凉，想长了心怕。既然到了老的时候，我们就别怕别人嫌弃，别人淡忘不如自己健忘，奢望不如不望。此时，我们要的是一种安静，一种放下，一种优雅，一种风轻云淡的浪漫。既然我们能优雅地退下，就没必要在乎别人怎么看我们。

人老是件令人头疼的事，纠结的太多，放不下的太多。我们的生活灿烂阳光，现在，只能我们呵护好自己，捧着自己。该沉默的就沉默，该低头的就低头，该认输的就认输。人生所追逐的光环和所谓成就，随着岁月流逝都会归于尘埃。只有你的品格，你的谦逊，你人性的魅力会永存。

一个真正有品质的人，虽然也会变老，但对于世事表现出的质感却永远像一个孩子，始终保持心灵的清澈、单纯、贵重，永远熠熠生辉。

不要总对别人说以前如何，不要总提自己没功劳还有苦劳、没能力还有经历。这个竞争的年代，谁都不容易，人生都是一半汗水一半收获，一半泪水一半微笑。人生就是单行道，每一天都是新的，每一天都不可复制。

宁静致远有力量

正所谓，德不正则事不兴，一个人若是连起码的德行和人品都无法保证的话，哪怕一时取得成功，往后也同样会掉入失败的深渊里。

一个真正有人品的人，其实是富有内涵的，也是具备优良品格的，表面看似简单，实则内心非常深刻。一个人静能养心，有一种境界，叫："淡泊以明志，宁静以致远。"淡泊从心，宁静处世，人生才能走得长远。心若躁，浮生皆乱；心若静，举世皆安。古人说，宁静致远。静，是一种智慧，更是一种力量。当心烦意乱，情绪不稳定时，一定要找到方法，让自己安静下来。当你面对挫折，真正的强者，一个人也像一支队伍，告诉你向上的路，从来都不好走。但是，熬过人生的低谷，方能抵达生命的高处。生活就是这样，平静了，面对了，才能圆满，人生就是这样，心静了，才能事事顺心。

人与人最舒服的关系就是，用真心待任何人，但不执着于任何人，活在缘分中，而非关系里。如果决意去做一件事情，就不要再问自己和别人值不值得，心甘情愿才能理所当然，理所当然才会义无反顾。时间会把正确的人带到你的身边，在此之前，你所要做的，是好好地修炼自己。

有智慧的人不会一味高歌猛进，行于所当行，止于所当止。万般事处理起来，不多不少，恰如其分。《礼记·中庸》上说："君子素其位而行，不愿乎其外。"就是说君子应安于本分行事，思虑不出其位，不作非分之想。但真能至此境地颇难，连圣人孔子都说自己七十才能从心所欲，不越出规矩。所以说，知止是大智慧，亦是深修行……逆水行舟，一篙不可放缓；滴水穿石，一滴不可弃滞。专注于手头的每一件事，既不松懈，也不急躁，一件一件完成，一点一点努力，时间自会给我们想要的答案。无论何时都稳得住自己，就是一个人最了不起的能力。人有欢乐，也有苦衷。很多时候我们活得太累，是因为我们放不下。放不下爱你恨你的人，放不下曾经的事，放不下失去的物；放不下一截时光，放不下成败，放不下不属于自己的一切。有人讲，说到容易做到难，是因为你认识不够，认知不够，如果你认识了，自然也就放下了，于是就离苦得乐了。快乐，不仅是一种心情和心态，也是一个人能力和智慧的体现，更是生命力和能量的集中迸发，对现代人来讲，快乐，更是一种生产力和竞争力，是对当下生命的接受与满足，是幸福的源泉。生活中，快乐很重要，命运有时不掌握在我们手中，唯有好的心态和心情我们可以把握，这就足够了。

努力不是为了要感动谁，也不是要做给哪个人看，而是要让自己随时拥有选择的权利，用自己喜欢的方式过一生。世上最好的保鲜就是不断进步，让自己成为一个更好和更值得爱的人。一个人提升自己最快的方式，就是跟比你优秀的人在一起。他会把新的见识，新的看法，新的理念，在不经意间传染给你，给你带来新的成长和进步。一个人学习上比你厉害，可以帮你更好地拓展知识面；能力上比你厉害，可以帮你更好地解决问题；情商上比你厉害，可以帮你更好地处理人际关系。想要成为什么样的人，就努力靠近什么样的人。

千里之行，始于足下，前提是要知道路在何方。选择能够持之以恒的方向，才能形成阅历和能力的有效积累。成功的人生，本质上是一个由沉淀到蜕变的过程。正确的路，从来不需要过度努力。只有穿上适合自己的鞋，才能走更远的路。盲目的努力，不如停下来思考。成年人顶级的智慧，是走在适合自己的路上，进退自如，从容有度。放下过往，收获崭新的明天；世间的一切相遇，都有意义，关键是怎么看。放下你的执念，打开你的心扉，让阳光照进现实。每一次挫折，将变成一本存折；每一次伤害，将变成一次成长；每一次煎熬，将变成一次修炼。那些让你疼痛的，终究使你强大。不要拿自己的错误惩罚自己；不要拿自己的错误惩罚别人；不要拿别人的错误惩罚自己。人生苦短，岁月易逝，不乱于心。

一个心态好的人，命运通常都不会太差，即便人生有汹涌的浪，也能扬起迎风的帆。生活中，总能找到一件事情，让你沉浸其中，微笑着向前，快乐地度日。保持一颗欢喜心，看淡一切得与失。当你心无纠结阻碍，就会活得轻松自在。

心态愉悦老得慢

我们每个人都有属于自己的成长节奏与时区，不用一味地与别人争先后，比进度。人生漫漫，慢一点，又何妨。古语有云："早成者未必有成，晚达者未必不达。不可以年少而自恃，不可以年老而自弃。"其实，只要是向前，任何时候都为时不晚。只要内心有希望，人生有向往，浑身添力量！

常言道："弱者互撕，寸步难行；强者搭桥，渡人渡己。"人这辈子，最大的福气就是友人互助，你帮我走出困境，我照亮你的前路。这是何等幸运，在彷徨无助时，互相指引；在懵懂茫然时，彼此认可；在需要信心时，互相鼓励。人生不易，相遇就是缘分，友人是行走于世间不可或缺的存在。友人越多，人生越顺，请珍惜每一位一同前行的知己与贵人。常怀感激之情，努力给予回馈，感情方能天长地久。

做人，要有格局，格局大了，生活就顺了，格局高了，心胸就宽了。格，是内心的位置，局，是外在的局面。格局就是一个人的眼界和心胸所体现出来的一种状态。格局大的人，不会为生活的琐事纠结烦恼，不会为不顺的时境悲观消极。养大格局，端正品行，活成最好的人。不是年轻才快乐，而是快乐才年轻。有人比你先攀登上了一座山，那不是人与人之间高低的区别，只是时间先后而已。你需要做的，是继续攀登属于你的高峰。

时间并不会真的帮我们解决什么问题，它只是使原来怎么也想不通的问题，变得不再重要了。到了一定年龄，就不想去取悦谁了。我的生命和别人一样宝贵，犯不着装模作样。每个人的性格中，都有某些无法让人接受的部分，再美好的人也一样；所以不要苛求别人，也不要埋怨自己。不管和谁在一起，一定要有自己的独特性，自己的朋友圈，不要为了任何人，而放弃自己原本的生活轨道。

成熟懂事的人生，只想让自己舒服快乐一些。很多关系，不是老的好，也不是新的好，而是一起经历过，你真切地觉得好，这才是值得你去掏心窝子的关系。讲过去像是在卖惨，讲未来像是做白日梦，讲现在又是旁观者迷，迟迟无语，字字苦酸。这个世上有很多事是解释不通的，比如突然的失落，莫名其妙的孤独，没有原因的落寞，以及突然离开的亲密。人生就那么短，不要为了变成别人喜欢的样子，而委屈了自己。该开心就开心，想发泄就发泄。过好自己的每一天，就是为自己而活着。

不要轻易去依赖一个人，它会成为习惯，当分别来临时，你失去的不是某个人，而是你的精神支柱。独立，会让你更坦然。可能生活有太多无能为力和无可奈何，可总归还是要努力一点，开心一点，想得开一点，毕竟"历经山河，人间值得"。

有些事情不说的时候是个结，说了之后便是块疤，结可以解开，疤却永远都在。掏心掏肺说的真心话，到了别人那里成了笑话，不如让它直接烂在肚子里，自己消化。有人说，老年之后就与美不沾边了。依我看，夕阳才是最美的年华，人生最需要珍惜的是天真的童年，激情的青年，拼搏的中年，天伦的老年。随你起舞翩翩，叶叶回旋。清山未染雪，燕燕冲天。

老来多交年轻友

世界上最快的速度不是光，不是电，而是我们的"念"。一念起，万水千山；一念消，沧海桑田。生活有一百种过法，别人的故事再好，始终容不下你。活成什么样子，自己决定。人岁数大了，结交的人际圈子要随之变化调整，不要还是停留在岁数差不多，熟悉的人群圈子里面，天天老面孔，久了乏味，说旧话，唠熟叨，听觉疲劳，话语厌倦，也使自己越来越老化、退化、钝化；而是要广交新朋友，多交年轻之友，多交有才之友，多交个性之友，多与俊男靓女来往，用他们焕发出的朝气、鲜气、才气冲刷过滤我们身上的老气、暮气、晦气，让自己心态年轻，保持蓬勃昂扬的活力和生机。怎么来吸引这些良益之人呢？要与他们等额齐眉，常当小学生，富有亲和力，使他们与你相处感到有温度，有营养，亲近感十足，跟你相处能增学问，长见识，开眼界，赶新潮。善于倾听他们的想法和见解，用火热滚烫来加速我们的经络血脉流淌，活跃和年轻我们的身心头脑。充分认可他们的价值，欣赏他们的才华和特点，带给双方开心放心，愉快心情。

经过岁月的捶捶打磨，也越来越明白：经常知止，是最清醒的活法。人生一世，前行固然重要，但能够及时知止，也是人生大智慧。岁月不饶人，要懂得止，止言、止物、止财，生活自然会过得摇曳生姿。知止而后有定，定而后能静，静而后能安，安而后能虑，虑而后能得。这是自然规律，谁都必须遵循。

身止思考不止。脑子越用越灵光，知识越多越年轻。读书不止。老了读书没有明确的功利作用，但是书籍是最好的滋补品，开卷见学问，什么书都要看，但必须是喜欢的，还要强制自己选择那些介绍前沿知识的新书，逼着自己读进去。培养个人新的兴趣爱好，只要是健康有益入流的，积极接纳相向行，量力而为跟着来，这才是真性情。紧跟时代的步伐，汇入现代化知识的洪流，沉浸年轻人的读书堆、开智群中去。用最新的文明成果丰满更新自己，淘汰过时的，残余无用的。

躬身请教不止。年轻人浏览面广博，视野开阔。我们一遇机会，就向他们求教，倾听他们聊天，轻易不要插言浪费时间，更不能心不在焉，打消了他们的情趣。不懂就问，诚心当一个老学生。摆脱惯守的身份，浑身吸收着光芒，古人讲"由艺进道"。

新鲜滋养延缓生命，使精神之树常青。

　　一条路，让我们这一代人感受到了酸甜苦辣、雨雪风霜，一条路，让我们从青涩少年，跨过狂风惊涛的中年，走到饱经故事的晚年，过去是大事难事拿担当，逆境顺境拿胸襟，是喜是怒拿涵养，有舍有得拿智慧，是成是败拿坚持。世界很小，是带着梦想奔跑的，世界很大，是顶着逆风坚持的，是从一寸冰封的土地里，培育出十万怒放的蔷薇。

　　人生这条漫漫长路上，每个人都有自己的节奏，有的人快一些，有的人慢一些，没有必要拿别人做参照物，打乱自己的步伐。用心付出的人，不必焦虑。我们努力的每一个当下，都会是最好的年华。我们当拉长时间的视角，把目光放长远一点，就会发现：只要每天都在尝试，哪怕一点点，积累起来就会有新奇无限。时间会是最公正的裁判，它会铭记我们所有的付出和坚守。然后在某个不期而遇的日子里，回馈曾经的努力，当不曾辜负时光，便能笑对未来。

　　每个人都在用自己的方式解释世界，理解生命，认识自己。或许我们都在用有限的方式运营自己的生命，抑或很少从有限的角度思考无限，从而保持和促进生命活动至有限的内循环与无限的外循环之间的和谐互动。我们都认为世界有两个形态，一个客观世界，一个主观世界，或者说一个物质世界，一个精神世界；我们认为人有两种状态：一种肉眼所见的外在状态，一种精神独守的内在状态。两个世界两种状态构建了人生的认知和思维过程……认识自己依旧是一个难题，只要生命存在，认识自己永远在路上。

追光逐影的旅程并不容易，有人放弃有人反对，但我们坚持我们努力，无论是在光明中的成功与喜悦，还是在影子里的挣扎与磨炼，都是我们丰盈的一部分，让我们更加坚定地前行，找到年轻的朋友共同向上。生命不息，年轻不止，一个人活着，就要激情四射，不要让生活成一口干潭。跟着年轻人追梦，即便是到了白发苍苍的年纪，也应如此。古人说："虽不能至，然心向往之。"不能听天由命，只有自己动起来，活力常在，心态年轻，脑子活跃，朋友八方。就是周围盘着常青藤，耸立思想不老松！

日落彩霞铺满天

活到一定年纪，明白了聚散不由人，看遍了世间无常事，就会越来越觉得：身体康健，内心踏实，便是人生大幸。好的人生要自己成全，好的状态离不开自我治愈。生命有了质量，也就有了长度。生活的很大一部分，是接受，是以平常心，看无常事。接受韶华的逝去，接受自己的平凡，接受孤独的挫败，然后笑着和命运握手言和。活了大半辈子，也就明白：万般皆是命，半点不由人。

即便生活给了我们各种创伤，但请记住，今天也要快乐地生活。人这一生本就是起起伏伏，揣着一颗平常心，坦然笑对生活难，人生最大的悲哀，莫过于拿有限的生命，去追逐无限的欲望。人老了，该得到的已经得到，没能拥有的也别强求。手握得越紧，失去的就越多，把手张开，也就得到了一切。

生活不一定要鲜艳，但要有属于自己的色彩。只有懂得了审美，才能重塑自我、真正活着。一个人有了审美之心，才能让生活变得更加有趣，看似无用之物、无心之作，却让我们永葆善睐明眸……

这世上唯一能够让你放心依赖终生的那个人，就是镜子里的那个你，那个历经挫折却依旧坚强的你。勇敢往上走，你才会站在不一样的高度，看到不一样的风景。自己喜欢的日子，就是最美的日子；适合自己的活法，就是最好的活法。把该做能做的事情做好，不管结果如何，你都心安理得。你想要的星空，只能由你自己创造出来，不能让别人帮你，你一定要学会独立。路是自己选的，没有输赢，只有值不值得，任何经历过的事情，不是得到就是学到。

学会收敛，懂得克制。日常生活中，谁都免不了被反驳、被批评。但有些人，会习惯性地针锋相对；而有智慧的人，面对不同意见时，先消化，再内省。能克制自己的反驳欲，亦是最大的自律。有这样一类人，无论观点是否正确，只要言语胜过他人，就会洋洋得意，并引以为傲。可事实上，处处反驳争辩，只会将自己推向不利的一面。比起滔滔不绝，一言不发更有力量；比起锱铢必较，静而退之更有姿态。盯人之短，则天下无人可交；看人之长，则世人皆可为师。当一个人拥有了自我批评的勇气，也就拥有了快速成长的底气。

信任就像一张纸，弄皱以后，即使抚平，也无法再恢复原样。人生总有太多的来不及，一眨眼就是一天，一回头就是一年，一转身就是一辈子。我们穷尽一生所追求的幸福，不在过去也不在未来，而是在当下，眼中景、碗中餐、身边人，三餐四季，家人闲坐，幸福安康，灯火可亲，便是人间好光景。人生，功成名就不是目的，让自己快乐才叫意义。改变能改变的，接受成事实的。太阳总是新的，每天都是美好的日子。

人生犹如爬坡，少时努力向上，充满干劲；很多退下来的人，认为自己跟不上时代，索性躺平。其实，我们的身体就如一个高度精密的仪器，高效运转就不会生锈老化，久而不用便只能化为废铁。忙出来的病少，闲出来的病多。忙起来，给自己留一个健康的身体，安享晚年。人生下半场，富养自己最好的方式，就是一个字：忙。古老的东西，饱经世变的东西，才是最美的东西。老了后的生活，并非只有日落西山照，也可以彩霞铺满天！